富豪と無垢と三つの宝物

キャット・キャントレル 作
堺谷ますみ 訳

ハーレクイン・イマージュ
東京・ロンドン・トロント・パリ・ニューヨーク・アムステルダム
ハンブルク・ストックホルム・ミラノ・シドニー・マドリッド・ワルシャワ
ブダペスト・リオデジャネイロ・ルクセンブルク・フリブール・ムンバイ

TRIPLETS UNDER THE TREE

by Kat Cantrell

Published by Harlequin Japan, a Division of K.K. HarperCollins Japan, 2024

キャット・キャントレル

初めてハーレクインのロマンス小説を読んだのは小学校3年生のとき。文学を修めたのち教師となり、退職後は執筆活動のかたわら主婦業もこなしてきた。2011年、ハーレクイン社の新人作家発掘コンテストで優勝。2012年には、RWAのゴールデンハート賞の最終選考まで勝ち残った。夫と2人の息子とともに、テキサス州北部で暮らしている。

主要登場人物

ケイトリン・ホープウェル……………………代理母。会計士。
ヴァネッサ・カヴァラーリ……………………ケイトリンの姉。故人。
アントニオ・カヴァラーリ……………………ヴァネッサの夫。億万長者。
ファイトクラブ経営者。
レオン、アナベル、アントニオ・ジュニア……アントニオとヴァネッサの三つ子。
ブリジット………………………………………三つ子の世話係。
トマス・ウォラン………………………………アントニオの部下。

プロローグ

インドネシア、バタム島

ファルコは無意識に片腕を振りあげ、パンチを遮った。繰り出される拳を見たわけではないが、なぜか勘が働いて相手の攻撃を予測できた。

すかさずカウンターパンチを放つ。一瞬、相手の頭がのけぞった。容赦はしない。規則正しく、繰り返し、強打を浴びせ続ける。

何も考えなくても、ファルコの体は流れるように動いた。ウィリポにこの格闘技を習い始めてまだ数カ月だが、ファルコの筋肉はどんな指示にも器用に応え、教えられた技を難なくマスターしてきた。

対戦相手のラヴィに再び攻撃を仕掛けられ、ファルコはさっと背をかがめ、回転してジャブを避けた。急な動きに右脚が痛んだが無視する。骨折した箇所が痛むのはいつものことだ。

土がむき出しのリングのサイドライン外側で、ウィリポが低くうなった。ジャブを減らし、もっとフットワークを使えという指示だ。

ここバタム島南部でただ一人の師範であるウィリポは、英語が話せない。彼の生徒となってから、ファルコが学んだインドネシア語はごくわずかだ。トレーニング中の師との意思疎通は身ぶり手ぶりやうなずきですませている。無口なファルコにとっては、むしろありがたかった。

今日は暑いせいで、古い魚の悪臭がいつも以上に鼻を突く。ファルコとラヴィはにらみ合って互いのまわりをまわった。年下のラヴィは、一週間前に隣村から来てファルコの練習相手になった。この村には、もう彼に対抗できる相手がいないのだ。村人たちがひそひそ語り合う様子を見れば、インドネシア語がわからないファルコにも、自分が恐れられているとわかる。恐れなくていいと言いたい。だが彼は、アジアの島の素朴な村人たちにとって、危険な拳を持つ奇妙な西洋人というだけの存在ではないのだ。

一年前、ひどい怪我《けが》を負い、意識を失って海岸近くに浮かんでいた彼を漁師が見つけたらしい。のちに医師が、片言の英語でそう説明してくれた。インドネシアの海岸に流れ着く前に死んでいてもおかしくなかった。その後、半年間続いた昏睡《こんすい》中もやがて死ぬだろうと思われていた。

しかし彼は生き延びた。

そしてついに昏睡から目覚めてからは、体のリハビリと頭の混乱に対処する悪夢のような日々が始まった。記憶はあいまいで不完全で、過去も故郷も覚えていなかった。腹が立ち、途方に暮れていること以外、自分について何もわからないのだ。

唯一の手がかりは、左胸部に彫られたハヤブサ《ファルコン》のタトゥーだ。その猛禽《もうきん》は、〝ファルコ〟と書かれた深紅の紋章旗を鉤爪《かぎづめ》でつかんでいる。大胆な図柄が際立って印象的なので、自分の名前を覚えていない彼はファルコと呼ばれるようになった。

胸に彫られた文字は自分の正体を示しているに違いない。だが記憶を呼び起こそうとするたびに激しい頭痛に襲われ、何かを強打したくなる。目覚めている間は常に、時には就寝中でさえも、自分がなぜ死を免れたのか知りたいと訴える魂の叫びが聞こえる。この生には理由があるはずだ。そしていつかは、自分が誰かを知るために重要な何かを思い出すはずだ。今日までは失望の連続だったけれども。

思い出そうとあがく気持ちを離れて心の平安を取り戻すのは、試合中だけだ。ウィリポがまた低くうなった。今回はトレーニング終了の合図だ。ファルコはうなずいて拳を下ろしたが、ラヴィはすぐに止まれず、その拳がファルコの頭に当たった。

「くそ、なんてこった《チェ・ディアーボロ》」痛みが炸裂《さくれつ》した瞬間、そんな悪態が口から飛び出した。イタリア語など知らないのに。そもそも、それがイタリア語だとなぜわかったんだ?

ラヴィが両手を脇に下ろし、頭を下げて謝った。そのとき、痛みに顔をしかめてこめかみをもんでいたファルコの脳裏に、白いしっくい壁と大きなガラス窓の豪邸が浮かんだ。海を見おろす崖に立っている。マリブだ。温かなそよ風。赤毛の女性。

あれは僕の家だ。僕の所有物や思い出や人生が詰まった家。住所もすらすら言える。道路標識と道順がはっきりと浮かんだ。行けば、家を見つけられる。

なんとかして我が家へ帰らなくては。

1

カリフォルニア州、ロサンゼルス

今朝もぴったり四時四十七分に、ケイトリンは目覚めた。幸い赤ちゃんたちは夜中に一度も起きずに朝まで眠るようになったが、授乳時間は母親の体内時計に刻まれたままらしい。

こんなことになるとは、誰も前もって教えてくれなかった。三つ子の育児が一人の赤ん坊の三倍どころか数万倍大変で、心配も数万倍だということも。半面、愛《いと》おしさと感動も数万倍だけれど。

ケイトリンはベッド脇のテーブルからビデオモニターを取りあげ、それぞれのベッドで眠る愛らしい三つ子を眺めた。アントニオ・ジュニアがため息をついて小さな拳を上下に振った。まるで母親に見られていると知っているかのようだ。でもレオンとアナベルは熟睡している。二人のそんなところは、赤毛同様、生物学上の母親ヴァネッサ譲りだ。一方、アントニオ・ジュニアの髪は父親と同じく闇夜のように黒い。あの子が父親の半分でも魅力的な若者に成長したら、母親の私は群がる女性たちを野球のバットで追い払うことになるだろう。

目がさえて、どう頑張っても二度寝はできそうにない。いつも疲れきっているので疲労には慣れっこだし、腹立たしいことに、いくら寝ても疲れは取れない。父親のいない八カ月の三つ子を育てていると、正気を保つのは難しい。そして夜明け前のこんな時間には、さまざまな疑問や不安が押し寄せてくる。

結婚相手にふさわしい男性と出会う努力をもっとすべきかしら? たとえば……吐き戻しで汚れたシャツ姿でバーをうろつき、適当な相手に言い寄るとか。「ねえ、三つ子と一晩過ごしてみたいと思ったことない? その夢を叶《かな》えてあげるわ!」

ありえない。ロサンゼルスに住む結婚相手にふさわしい男性がケイトリン・ホープウェルに誘惑されるものですか。いきなり三つ子の父親になると言われなくても、たいていの男性は私の交際ルール――恋に落ちて婚約指輪をもらうまでは決してベッドへ行かないというルールを聞いただけで逃げ出すのだから。姉のヴァネッサを反面教師として、学生時代も社会へ出てからもこのルールを固く守ってきた。姉は相手が宝石を買ってくれるか、交際がキャリアアップにつながる可能性があれば、誰とでもベッドをともにした。私は違う。その結果、ずっと独身のままでいることになりそうだ。

とはいえ、いくら三つ子を愛していても、親が実母ではない私一人では子供たちにとって十分ではない。姉の代理母を引き受けたときには、一生ではなく産むまでの十カ月間だけ関わるつもりだった。ところが、運命は別のシナリオを用意していた。

ケイトリンは一年以上使っても慣れることのできないキングサイズのベッドを出た。時刻は六時五分。どうせ眠れないなら一日を始めたほうがいい。ほつれた濃い茶色の巻き毛をポニーテールにまとめ、ヨガパンツとトップスを身につけた。レオンが目を覚ます前に、せめて二十分はピラティスをしたい。

マリブビーチを見おろす全面ガラス窓近くの堅木の床に、ケイトリンはヨガマットを敷いた。このサンルームは心落ち着くお気に入りの場所だ。アントニオとヴァネッサの大邸宅の一階には設備の整ったジムがある。だがアントニオの名残だらけのあの場所には、まだ行く気になれない。壁に飾られた格闘家としての記念品やジムの中央に設けられたリングをいつかは片づけるつもりだけれど。アントニオを思い出させるものは見るのも嫌なのに、彼につながる貴重なよすがを失うのも嫌なのだ。ヴァネッサの持ち物も一つ残らずこの家に置いたままだ。もっとも、その多くは目につかないところへ片づけたが。

十五分後、三つ子の長男が悲しげな泣き声をあげた。モニターを見たケイトリンは大急ぎで自室の向かいにある子供部屋へ向かった。レオンが弟と妹を起こす前に行かなくてはならない。

「お待たせ」ケイトリンは優しくささやき、かわいらしい赤ん坊をベビーベッドから抱きあげた。

レオンは時計のように正確に、毎朝最初に起きて朝食を要求する。住み込みで育児を手伝ってくれるオペアのブリジットには三つ子を母乳で育てるなんて正気ではないと思われているけれど、赤ん坊と深い絆《きずな》を結べるのが何よりもうれしいし、どうせ自分の裸体を見せる相手などいないのだ。栄養面で母乳が三つ子の役に立つなら、体の線が崩れる危険を冒す価値はある。

赤ん坊の世話に忙殺されて朝の時間が過ぎてゆく中、誰かが玄関ドアを激しく叩《たた》く音がした。

きっと宅配の配達員だ。「ブリジット、出てくれる？」呼びかけたが返事がない。たぶんオペアは三つ子の一人にかかりきりなのだろう。ケイトリンは肩をすくめて玄関へ向かった。

そこにいたのは、茶色の制服を着た配達員ではなかった。無精ひげを生やした男性が目の前にそびえ立っている。探るように見つめてくる黒い瞳にも、首をかしげる仕草にも見覚えがあった。

「アントニオ！」押し殺した声が喉から飛び出した。いいえ、彼のはずがない。一年前の飛行機事故で、アントニオはヴァネッサと一緒に死んだのよ。頭では失望を感じているのに、心は三つ子の父親が目の前に立っているという考えにしがみついたままだ。どうやら寝不足のつけがまわってきたらしい。

「アントニオ」男性はその言葉を繰り返し、目を見開いた。「僕は君を知っているのか？」

低いかすれ気味の声に包まれると、胸が熱くなり自然と涙があふれた。声までアントニオに似ている。いつもうっとり聞きほれた義兄の声にそっくりだ。

「いいえ、知り合いではないと思うわ。一瞬、あなたを――」幽霊かと思ったけれど。それは口に出さなかった。

男性のどこかうつろなまなざしに魅了されてはいけない。だけど顎が無精ひげに覆われていても、十キロくらいやせていても、彼はやはりアントニオ本人に見える。ケイトリンはむさぼるように見つめずにはいられなかった。

「ここは僕の家だ」開いたドアから玄関ホールを見渡して、男性は驚きをにじませつつ、だがきっぱりと言った。「確かに見覚えがある。ただ、あのクリスマスツリーの位置は違っているが」

ケイトリンは背後を振り返って、四メートル近いツリーを眺めた。海に面した居間の全面ガラス窓のそばに置かれている。「ええ、場所を変えたの」ヴァネッサは客が入ってきてすぐ目につくよう、毎年ツリーを玄関ホールに置いていた。でも私は海の近くに置きたかった。そうすれば、ツリーを見るたびに海も目に入る。理にかなった置き場だと思うし、ここは今や私の家なのだ。

男性がまた首をかしげた。「君のことは思い出せないが、僕はこの家を君に売ったのか？」

「い、いいえ。私は……家のオーナーと一緒にここに住んでいるの」三つ子を両親の家から引き離したくなかったから。マリブのこの家は三つ子の相続財産の一部だ。そしてアントニオとヴァネッサの遺言には、財産に関してはケイトリンが三つ子のためにすべての決定を下すという条項がある。

「赤毛の女性がいたことは覚えている。美人だ。彼女は誰だい？」

「ヴァネッサよ」つい答えてしまったが、軽率に情報を与えるべきではない。「あなたこそ誰なの？」

「わからない。時折、記憶の断片が浮かぶだけだ。教えてくれ。僕は誰なんだ？」

「自分が誰かわからないの？」そんなばかな。映画じゃあるまいし、記憶喪失なんて実際に起こるの？

ケイトリンは口に手を当てて、薄汚れた男性を値踏みした。裾をまくった質素な木綿のズボンに、破れた木綿のシャツ。アントニオのはずがない。彼は死んだのだ。もし生きていたなら、飛行機事故のあと、どこにいたの？　記憶喪失が本当なら、一年間行方不明だったのも説明がつくけれど。

ただし、今になって突然ここに現れた理由がわからない。たぶん彼は悲しむ遺族を餌食にする詐欺師だ。記憶喪失は、本人の証明となる質問に答えられない口実として都合がいい。

でもツリーの場所が違うと知っていた。やはり本人では？　心はその考えにしがみついて譲らない。姉の夫に半ば恋していたせいだわ。それを認めると、当時の罪悪感や落胆がどっとよみがえってきた。色っぽい美人のホープウェル家の長女はいつも欲しいものをすべて手に入れた。次女は姉の陰でいつも見過ごされた。家族でディナーをとるとき、義兄の横顔をちらちら盗み見ては、もし彼がヴァネッサではなく私と結婚していたら、と空想した。姉が妊娠できなくて代理母を引き受けたときは、お腹《なか》の中にアントニオの赤ちゃんがいることにひそかなときめきを覚えた。そして彼がひざまずき、僕の子供の母親になってくれと請う夢をこっそり思い描いた。

さらに正直に言えば、秘密の夢には少々……なまめかしい部分もあった。アントニオと肌を触れ合わせたら、キスをしたら、愛し合ったら、と夢見ずにいられなかったのだ。

過去六年間、ケイトリンは〝汝《なんじ》、姉の夫を欲するなかれ〟という聖書に出てきそうな戒めの言葉を背負って生きてきた。それでもアントニオを求めずにはいられなかった。古代の戦士さながらの男らしい体。心の奥まで見通されそうな謎めいた探るようなまなざし。そんな義兄にのぼせあがり、恋心に折り合いをつけられず、罪悪感に苦しんだ。私は内心で姉の不幸を願ったのかもしれないと。だから飛行機が墜落したのかもしれないと。

その罪悪感が今、再び襲いかかってきた。

男性はかぶりを振った。「本当に覚えていないな——待てよ、僕をアントニオと呼んだな。アントニオ・カヴァラーリか？　それが僕の名前なのか？」

私は姓までは言わなかった。でも三つ子の父親の姓を調べるのは簡単だ。インターネットには彼に関する記事が山ほどある。何しろ総合格闘技《UFC》の大会で優勝し、引退後は〈ファルコ・ファイトクラブ〉という数十億ドル規模の企業を立ちあげた有名人だ。妻のヴァネッサも人気ドラマで家庭を壊す悪女を演じ、女優として名声を得ていた。赤毛は彼女のトレードマークで、事故死から一年経《た》った今も時折インターネットに写真が載る。だからヴァネッサの髪の色や美人なことを知っていても、彼がアントニオだという決定的証拠にはならない。

いずれにしろ、私の子供たちを危険にさらすわけにはいかないわ。ケイトリンは男性の正体を見抜こうと眺めまわしたが、彼からは打算も狡猾《こうかつ》さも感じられない。ただ途方に暮れた様子で、やはりどことなくアントニオを思い起こさせる。

「ええ、あなたはアントニオ・カヴァラーリよ」ケイトリンは一瞬目を閉じた。もし私の判断が間違っていたら、不純な動機から彼をアントニオだと思いたがったために巧妙な詐欺の、あるいはさらに悲惨な暴行の被害者になったら、どうするつもり？

不意に男性がぐったりとドア枠にもたれて、外国語で何かつぶやいた。ケイトリンは驚いて彼を見つめた。アントニオが英語以外の言葉を話すのは聞いたことがない。

不安で胃がよじれそうだ。歯の治療記録とか、医師の診察とか、身元確認にはさまざまな手段がある。だが、この場で何ができるだろう？　何か本人だという証拠を持って出直せと追い返すの？

そのとき、男性の顔から血の気が引いた。彼は弱々しく悪態をつき、がっくりと崩れるように玄関マットに膝をついた。

「どうしたの？　大丈夫？」ケイトリンは心配で喉が締めつけられ、思わず口走った。

「疲れた。腹が減った」彼は簡潔に答えて目を閉じ、力なくうつむいた。「波止場から歩いてきたんだ」

「波止場から？　ロングビーチの近くの？　ここまで八十キロはあるじゃない！」

「金がない。身分証もない。歩くしかない」

この人は立っていることさえできないのだ。彼の衰弱しきった様子は本物だ。役者の知り合いが多いケイトリンには、それが演技ではないとわかった。

「中へ入ってちょうだい」よく考える前に言葉が口を突いた。「一休みして、水を飲んで、それからきちんと話し合いましょう」

この男性がアントニオだったとしても、即無害とは言えない。今は危険な精神状態かもしれないのだ。だけど私は一人ではない。二階にはブリジットも家政婦のローザもいる。立っていられないほど衰弱した彼は、携帯電話ですぐに警察を呼べる三人の女性にとって脅威にはならないだろう。

せっかく家へ入るよう勧めたのに、男性はその言葉を理解すらしていないようだ。私をだますつもりなら、このチャンスに飛びつくはずなのに。

手を貸して立たせてあげるべきかしら。でも彼に触れると考えただけで過呼吸になりそうだ。見知らぬ他人であれ、よく知った義兄であれ、少しも安心できない。乏しい男性経験ゆえの過敏さと困っている人を助けなければという思いがせめぎ合い、ケイトリンの頬は紅潮した。

男性の体がぐらりと揺れた。倒れかけている。急いでなんとかしなくては。

もう触れることは避けられない。ケイトリンはしゃがんで男性の腕をつかみ、自分の肩にかけた。その重みに違和感を覚えつつ、妙にわくわくする。二年以上デートをしていないのだから当然よ。彼がもたれかかってくると、頭の中が真っ白になった。

それでも片腕を男性のウエストにまわし、彼を抱えて立ちあがった。出産前からピラティスに励んでいたおかげで体幹は鍛えられている。

たちまち三日前の魚のような腐臭が鼻をついた。この世に赤ん坊のおむつ以上の悪臭はないと思っていたが、彼のにおいはもっと強烈だ。

幸い、男性はいくらか元気を取り戻し、自分の足で敷居をまたいだ。そしてケイトリンが居間の高級ソファの前で立ち止まると、汚れ一つない象牙色の革製クッションにためらいもなく倒れこんだ。

「水をくれ」男性はそうつぶやいて腕で目を覆い、死んだように横たわった。

ケイトリンはまたも窮地に陥った。彼を一人残して、アントニオの書斎のバーカウンターまで行っても大丈夫かしら？　でも書斎はすぐそこだ。ほぼ意識のない男性がその間に悪事を働くと心配するのはばかげている。彼女は玄関ホール向かいの書斎まで大理石の床を猛スピードで走り、バーのシンクでグラスに水を満たし、なんとかこぼさずに駆け戻った。

「ほら、お水よ」グラスを差し出すと、男性は目を覆っていた腕を上げ、長いぼさぼさの前髪を額からかきあげた。血走った目が彼女をぼんやり見つめた。

前髪がないと顔の印象が変わり、男性はアントニオそっくりに見える。長年ひそかに眺め、恋焦がれた義兄そのものだ。ケイトリンは驚きに息をのんだ。

「君に危害は加えない。水が飲みたいだけだ」男性は体を起こし、苦しげに顔をゆがめた。

グラスを手渡しながら、ケイトリンは男性から視線を外せなかった。彼がアントニオなのか違うのか、いつまでも自問自答を続けるわけにいかない。今この場で決着をつける手立てが一つある。

「自分はアントニオだと思う？」水をぐいっとあおる男性を見つめて、ケイトリンは尋ねた。

男性が顔を上げ、なんとも言いようのない感情に満ちた黒い瞳が彼女をとらえた。「わからない。だからここへ来た。自分が誰か知りたかったから」

「一つ、知る方法があるわ」ケイトリンはためらう前に自分の心臓の辺りを指さした。「ちょうどこの辺りに、アントニオは凝ったタトゥーを入れているの。あなたはどう？」

アントニオのタトゥーは有名なアーティストによる独特な部族ふうデザインだ。複製は難しいだろう。目と目を合わせたまま、男性はグラスをテーブルに置いてシャツのボタンを無造作に外した。まるで二人は親密な関係で、服を脱いだ姿をケイトリンに見せるのはごく自然なことだとばかりに。

「〝ファルコ〟と彫ってある。どういう意味だ？」

その瞬間、胸板に赤と黒の翼を広げたハヤブサ《ファルコン》を見るまでもなく、ケイトリンは真実を悟った。そしてくっきりと盛りあがった筋肉を彩るタトゥーに目を奪われ、みぞおちに熱い衝撃が走った。同じ衝撃を、かつてアントニオを見るたびに感じたものだ。

ケイトリンはまばたきして彼の顔に視線を戻した。だが褐色のたくましい上半身が目に焼きついて消えない。アントニオのタトゥーには、私を惹《ひ》きつける危険な魅力があった。それは今も変わらない。

「そのタトゥーだけで十分よ。あなたはアントニオだわ」黒い瞳に安堵《あんど》があふれるのを見て、ケイトリンは目を閉じた。腹部にエロティックな興奮と、同時にトラブルの予感がわきあがる。まばゆい、でも禁じられた魅惑の人、アントニオ・カヴァラーリは生きていたのだ。「ただし、私たちには乗り越えなければならない問題が山ほどあるけれど」

私の世界のすべてが崖を滑り落ちていく。

この一年、三つ子を私の子にするために長くつらい法廷闘争を闘ってきた努力が無駄になってしまった。二年前に代理母契約に署名したものの一年前にヴァネッサとアントニオが飛行機事故で帰らぬ人となり、その後何度も出廷し、やっと代理母契約を覆して三つ子の完全な親権を得たところだったのに。

今やここはアントニオの家であり、財産も、三つ子も彼のものだ。そして彼には、私から三つ子を取りあげる正当な権利がある。

2

〝アントニオ〟彼はその名前を舌の上で転がしてみた。〝ファルコ〟よりはしっくりくる。バタム島に住む前は両方の名前で呼ばれていた。顔ははっきり思い出せないが、重要な話の場で〝アントニオ〟と呼びかける人たちがいた。巨大な競技場では群衆が〝ファルコ〟と繰り返し叫んでいた。

　だが過去を思い出そうとするといつも始まる耐えがたい頭痛が、また襲ってきた。

　そこで記憶を探るのはやめて、目の前の初々しく魅力的な濃い茶色の髪の女性のことを考えた。なんとなく見覚えはあるが、はっきり誰とはわからない。彼女は僕の家の住人ではない気がするが、なぜそう感じるのかは不明だ。「君の名前は？」

「ケイトリン……ホープウェルよ」彼女はあとから思いついたかのように姓を言い足した。「ヴァネッサは私の姉……だった。ヴァネッサのことは覚えているのに、私のことは記憶にないの？」

「ヴァネッサというのは、赤毛の女性か？」ケイトリンがうなずき、彼は顔をしかめた。ヴァネッサのことも、この家ほど鮮明には覚えていない。しょっちゅう夢に現れる赤毛の女性というだけだ。頭の中に断片的に浮かぶ姿は素肌をあらわにしている。まるで彼女の裸体を見慣れていたかのように。ところが顔はぼやけていて、印象派の絵画を思わせる。

　そこまで考えて苛立《いらだ》ちがこみあげた。印象派の絵画がどんなものかは正確に知っているのに、自分が誰かはわからないとは、あまりに理不尽だ。

　ラヴィに殴られた拍子に自宅の記憶がよみがえった翌朝、アントニオは漁船に飛び乗って島を出た。

それから貨物船に飛び移り、大きなコンテナの間に隠れ、何週間もかけてロサンゼルスまで密航した。ここへ来れば貴重な過去を取り戻せると思ったのだ。

この天使さながらに優美な女性――ケイトリンが過去を開く鍵を握っている。それを渡してもらいたい。「ヴァネッサは、僕とどんな関係なんだ？」

「あなたの妻よ。知らなかったの？」

ああ、知らなかった。ヴァネッサと結婚していた？　自分にそんな人生があったとは、まったく想像もつかない。妻を愛していたのだろうか。僕が行方不明になったとき、妻は取り乱し、捜しまわったのか？　それとも、ただ忘れることにしたのか？

もしヴァネッサが目の前に立っていても、僕はその女性が妻だと気づきさえしないのでは？

ところが居間を見渡しただけで、ここにある家具は誰の手も借りずに自分で買ったものだと、ありありと思い出せる。頭の片隅にちらつく赤毛の女性の手も借りていない。「妻はどこにいるんだ？」

「ヴァネッサは亡くなったわ」古典的な顔立ちが悲しみに曇った。姉妹は仲がよかったに違いない。だから僕もこの女性になんとなく見覚えがあるのだろう。「あなたも姉も同じ飛行機に乗っていて、タイを離陸した直後に墜落事故に巻きこまれたの」

「墜落事故？　そういうことだったのか」僕はタイを訪れ、それきり帰国しなかったのだ。今日までは。

「ええ、一年前のことよ」ケイトリンが目を潤ませてうなずくと、ポニーテールが肩で揺れた。

顔も思い出せない妻だが、その死を悲しめたらいいのに、とアントニオは思った。感情というものが――愛情も安心感も喜びも満足感も、腹立たしいほど何一つわいてこない。感じるのは、失望と、つかみどころのない不安だけだった。

再び頭痛に襲われたが、彼はめげずに質問を続けた。タイで妻と二人で飛行機に乗ってからインドネシアの漁村に一人でたどり着くまでの間に何があったのか知りたい。その手がかりをぜひとも得たい。

「だが事故機に乗っていても僕は死ななかった。ヴァネッサも生きているかもしれないじゃないか」

ケイトリンは口に手を当ててうつむくと、かすれ声でつぶやいた。「いいえ。姉は……遺体で見つかったの。乗員乗客四十七名の大半が海中の機体から見つかった。多くは席についたままだったわ」

むごたらしい光景がアントニオの脳裏にくっきりと浮かんだ。避けられない死を目前にして、妻は、そしてほかの乗客たちはさぞ恐ろしかっただろう。

「そして僕だけが助かった」

初めて、自分の境遇が何かの罰ではなく奇跡のように感じられた。僕はどうやって死を免れたんだ？おぼれる前にシートベルトを外せたのか？

「あなたと、あと二人の乗客だけが見つからなかったの。ファーストクラスで通路を隔ててあなたの横に座っていた二人よ。行方不明者の捜索は一週間続けられたけれど、三人の消息はつかめなかった」

「捜索する場所が間違っていたんだ。僕はインドネシアの海岸に流れ着いた。バタム島の南岸だ」

「あの辺の地理には詳しくないけど、飛行機はマレーシア沿岸に墜落したのよ。捜索隊はその周辺を重点的に捜したと思うわ」

どうりで誰も僕を見つけられなかったはずだ。捜索は何百キロも離れた地点で行われたのだ。

「そして一カ月後、行方不明の乗客三人の死亡が公表されたの」

だが僕は死んでいなかった。

ほかの二人も生きているかもしれない。見つけてやらなくては。二人とも記憶喪失や瀕死《ひんし》の重傷で苦しんでいるかもしれない。海の墓場からなんとか這《は》い出たものの、完全に目覚めていながら悪夢を見続けているかもしれない。僕と同じように。

僕が捜すべきだ。しかし金も手段もない。少なくとも、今この時点ではない。だが金はあるはずだ。というか、かつては持っていた。この屋敷の購入費がふと頭にひらめいた。千五百八十万ドルで八年前に買ったのだ。

頭痛が手に負えないほどひどくなり、アントニオはこめかみをもみながらうめいた。

「大丈夫？」ケイトリンがきいた。

僕の家に住むこの女性にとって、他人を気遣い、苦痛を和らげようとするのはごく自然な反応らしい。僕の義妹は誰にでもこんなに愛情深いのか？

「大丈夫だ。この家はまだ僕のものかい？」もしそうなら売って、売却代金を生活費と南シナ海の捜索費に充てられる。

「厳密に言えば、もう違うわ」ケイトリンが同じソファに座ると、アントニオはかすかなココナッツの香りに包みこまれ、なぜか彼女の髪に鼻をうずめたくなった。「あなたの死が公表された時点で、家は相続人のものになったの」

「つまりヴァネッサの相続人のものに、か？」妻の妹は飛行機事故でかなり潤ったようだ。「相続人は君一人なのか？　だが僕は生きていた。僕の財産を返してもらいたい」まだ行方不明の乗客二名を捜索するには、それしかない。

ケイトリンは申し訳なさそうに彼を見た。きらめくブルーの瞳には無数の感情があふれている。美しく善良な何かを感じさせる瞳だ。いつまでも見つめていたい。そしてあの無数の感情を理解したい。

「まあ、何も覚えていないのね。赤ちゃんたちの存在すらも。それなのに私ったら、きちんと説明もせずに要領を得ないおしゃべりばかりして」

「赤ちゃん？」しかも〝たち〟とは、一人以上いるのか？　まさか、その子たちが僕の子だと？

「三つ子よ。そしてあの子たちの父親であるあなたが、まだ生きていた。奇跡だわ。赤ちゃんたちに会ってみない？」ケイトリンが涙ぐんでほほ笑んだ。天使のような優美さをさらに引き立たせる笑みだ。アントニオはうっとり眺めていたかったが、彼女の爆弾発言を聞いてはそれどころではない。

「僕が……」父親？　三児の父？「本当に僕の子か？　今、何歳だ？　僕を覚えているかな？」間抜けな質問だが、事態は彼の理解を超えていた。

「いいえ、覚えていないわ。あなたたちがタイへ行ったときには、まだ生まれていなかったもの」

アントニオは顔をしかめた。「だがヴァネッサは飛行機事故で亡くなったんだろう？　その三つ子は、妻が産んだ子ではないのか？」だとすると、僕の愛人の子か？　とたんにカトリック学校で習った教えが頭をよぎった。不貞は罪だ。

「ええ、産んだのは姉じゃないわ。私よ」ケイトリンがきっぱりと答えた。

罪悪感と恥ずかしさでアントニオの胃はきつく締めつけられた。僕は妻の妹と浮気をしていたのか？　考えることすら許されない忌むべき行為だ。

ただし、それなら体が理屈抜きでケイトリンに反応したのもうなずける。妹の繊細で洗練された美しさは、赤毛の姉のあからさまな色っぽさとまったく似ていない。もしケイトリンとの間に子供を作ったのなら、たぶん本当は古典的な顔立ちのブルネットのほうが好きだったのだろう。

「僕たちは、不倫をしていたのか？」

露骨な問いにケイトリンの頬が鮮やかなピンク色に染まると、アントニオは胸が重苦しくなり、下半身に熱が広がった。彼女と体を重ねた記憶はないが、性的に惹《ひ》かれているのは間違いない。やはり僕が好きだったのは、この女性だ。

「まさか！」ケイトリンはますます頬を紅潮させてうつむいた。「あなたは姉の夫よ。確かに、先に出会ったのは私で、正直、あなたのこと……でもそのあと、あなたをヴァネッサに紹介した。それですべてが決まったわ。あなたは姉と結婚した。いいえ、別にあなたを責めているわけじゃ——」

「ケイトリン」

その名を口にしただけで、アントニオは不思議と胸が満たされるのを感じた。もう一度名前を呼びたい。彼女に触れながら、そっと呼びかけたい。

ケイトリンは目を上げて、ようやく口を閉じた。おろおろととめどなくしゃべり続ける彼女を見ていると、なぜか頬がゆるんだ。落ち着きなく両手の指をねじり合わせる様子から、嘘《うそ》がつけない人なのだとわかる。彼女と体の関係がないのは確かだ。「それなら、どうして君が三つ子の母親なんだ?」

「私は代理母なの。子供たちは私の子宮の中で育ったとはいえ、百パーセントあなたとヴァネッサのDNAを受け継いでいるわ。姉が妊娠できなかったから、代理母を買って出たの。もちろん、まさか三つ子の母になるとは知らなかったけれど」

ケイトリンは声をたてて笑い、アントニオはその陽気さに心惹かれた。ヴァネッサのことを思い出せればいいのだが。僕たち夫婦も、生まれてくる三つ子を、将来の大家族を夢見て笑い合ったのだろうか。

「僕とヴァネッサは幸せな夫婦だったかい?」

「ものすごく愛し合っていたわ」ケイトリンはうっとりとため息をついた。「ファルコと悪女の世紀の恋と騒がれたものよ。何しろ二人ともマスコミの寵児《ちょうじ》だったんだから。さて、ブリジットに頼んで二階から三つ子を連れてきてもらいましょう」

急に現実が押し寄せてアントニオはパニックに陥り、立ちあがろうとするケイトリンの腕を押さえた。

「ちょっと待ってくれ。そんな……無理だ」

自分は父であっても、父親にはほど遠い。無力な赤ん坊三人の面倒を見る自分など想像もつかない。

赤ん坊一人だって手に負えないのに、三人もいたらどうなる？

「初対面は五分だけにしましょう」ケイトリンが静かに言った。「三つ子に声をかけて、顔を見て、元気なのを確かめてもらうだけよ。大丈夫。赤ちゃんたちは人見知りしない。あなたにすぐなつくわ」

だが僕は赤ん坊になじめるのか？「では五分だけ。それからシャワーを浴びて何か食べたい」

「ごめんなさい。まずはそれを考えなきゃいけなかったのに」ケイトリンはうろたえて口をゆがめた。

「死者がよみがえったときに何をすべきか、便利なマニュアルはないからね」アントニオはさらりと返して笑みを浮かべた。どうやら我が家を見つけただけでなく、ユーモアのセンスも取り戻せたようだ。

ケイトリンは二階へ行き、数分後には三つ子用ベビーカーを押す若いブロンドの女性を従えて戻ってきた。赤ん坊の姿を見た瞬間、それ以外のすべてはアントニオの視界から消えた。

クッションにもたれた三つの小さな頭に、それぞれ小さな目と口がついている。自分が一役買ってこの世に送り出した尊い命だ。彼は畏怖の念に打たれ、低くささやいた。「本当に僕の子なのか？」

「本当ですとも」ケイトリンは声を抑えずに答えた。少し面白がっているような口調だ。それから三つ子の一人を抱きあげ、アントニオに向けた。青い服を着ているので男の子だろう。「レオンよ。私たち姉妹の父にちなんで名づけたの。ヴァネッサへの手向けになると思って。姉の子でもあるから」

「いい名前だ」アントニオは相変わらずささやいていた。だが息子が弱々しい泣き声をあげ、瞳を輝かせて小首をかしげると、感動で喉が詰まってもうささやき声さえ出なくなった。

あの子は、僕の息子レオンは、まるで宇宙の神秘に思いをめぐらせているみたいじゃないか。

生物が子孫を残すのは、ごくありきたりな行為だ。世界中で日々行われている。ウィリポには十四人の子供がいるが、おそらくウィリポ本人はそれを奇跡とは考えていない。だが、生命の誕生は奇跡だ。

そしてこの赤毛の赤ん坊は僕の息子なのだ。

「ほら、声をかけてあげて」ケイトリンが促した。

「やあ、こんにちは」息子は挨拶には応えずに、ケイトリンの肩に顔をうずめた。たぶん声がかすれすぎていて聞こえなかったのだろう。

「大丈夫。徐々になつくわ」ケイトリンはレオンをベビーカーに戻し、次の子を抱きあげた。

ピンク色の服を着ている。娘だ。息子を見ただけで大きく膨らんだアントニオの心は、娘の姿を見てさらに膨らみ、胸から飛び出しそうだった。

「この子はアナベルよ。アナベルという名の娘が欲しいと、ずっと思っていたの」ケイトリンは天気の話でもするように気軽な口調で言った。

「この子も赤毛だな。レオンと同じだ」

声に反応して娘が愛らしい顔を上げると、アントニオはたちまち青い瞳に魅了された。彼の辞書からノーという言葉が消え去り、この子をとことん甘やかす日が楽しみでならなくなった。

「ええ、アナベルとレオンはヴァネッサ似なの。つまり、この子は十四歳までにはすごい美人になるわ。気をつけてね」ケイトリンは忍び笑いをもらした。

「僕には格闘技の心得がある。口のうまいロミオが下心を抱いて娘に近づけば、ただではすまないさ」

「あなたが父親だと知ったら、地球上の男性は誰一人、アナベルの周囲五十メートル以内に近づかないわ。私は、あなたに忠告したの。アナベルに気をつけてってね」ケイトリンは大急ぎで娘を彼から遠ざけ、最後の一人を抱きあげた。「アントニオ・ジュニアよ。あなたにそっくりでしょう?」

黒い髪、黒い瞳のきまじめな顔の赤ん坊を、アントニオはしげしげと眺めた。まるで僕の魂の欠けていた部分があるべき場所に収まって、この小さな息子を作りあげたかのようだ。

「ああ、そっくりだ」彼はつぶやいた。そして不意に、自分がなんのために命拾いしたのかわかった。

自分の過去を求めてインドネシアを出港したときには、未来を見つけることになるとは夢にも思わなかった。悲劇的な飛行機事故のせいで、幼い三つ子は両親を失うところだった。だがあらゆる予想に反して、僕は生き延びた。父親になるために。

約束どおりアントニオが一息つけるよう、ケイトリンは三つ子をベビーカーに戻し、ブリジットの手を借りて二階へ運んだ。幸い、突然現れたアントニオについて、オペアは雇い主の言葉以上の説明は求めなかった。でも、彼はずっと病気で家へ帰れなかった、というその場しのぎの説明に納得していないのは明らかだ。間もなく彼を追いまわすはずの記者や弁護士たちも納得しないだろう。

アントニオ・カヴァラーリの奇跡の生還が世界中で大ニュースになるのは間違いない。だが彼は、まずゆっくり休み、秘密を守れる医師に診てもらう必要がある。屋敷内のスタッフは守秘義務契約に署名しており、アントニオのことがスタッフの口から世間にもれる心配はない。セレブや大富豪が多く住むこの地では、契約に違反すればどこにも雇ってもらえなくなるのでスタッフの口は堅いのだ。

ケイトリンは彼を主寝室へ案内した。そこは一年前のまま手つかずだったが、ヴァネッサのものだけは片づけるようローザに頼もう。亡き妻の服がたんすにかかったままでは、さすがに嫌だろう。

「あとで家政婦のローザに何か食べ物を持ってきてもらうわね」言い置いて主寝室を出ると、ケイトリンはサンルームへ向かった。

電子書籍リーダーで三つ子の育児に関する本を読もうとしたものの、気持ちが乱れて集中できない。初めて三つ子を見せた瞬間、アントニオの顔には驚くほどの愛と笑みがあふれた。私が三つ子を産んだときも彼が産室にいて私の手を握り、万事うまくいくと、帝王切開の傷跡があっても君は美しいと、あの笑顔で言ってほしかった。

ただしもし彼が産室にいたら、握るのは私の手ではなくヴァネッサの手だったはずだ。ケイトリンのささやかな白昼夢は現実に押しつぶされて消えた。

三つ子は彼のものだ。私がやっと手に入れた親権は近々無効になるだろう。出産後は生まれた子供の親権をすべてアントニオ夫妻に譲り渡すという代理母契約に署名した以上、そしてアントニオが生きていた以上、それは避けられない。

だけど三つ子は私のものでもある。出生証明書の母親欄には私の名前が載っている。三つ子が生まれてから八カ月間は、シングルマザーとして子供たちを育ててきた。それ以前のお腹《なか》にいたときでさえ、飛行機事故後の数カ月間は、子供たちは生まれたら私のものになると信じていたのだ。

今は混乱状態だけれど、何よりも三つ子にとって最善の道を選びたい。私自身の母が生きていたらよかったのに、とケイトリンは思った。母の助言が欲しいと願うのは、いつものことだった。

一時間後、アントニオが再び現れた。

サンルームのドア口をふさぐ大きな体が、午後の日に照らされてくっきりと際立って見える。別世界の光をまとい、自分の王国に帰還した天使のようだ。

ケイトリンは息をのみ、口に手を当てた。

部屋に入ってくると、天使は生身の人間に戻った。だが相変わらず美しい。

顎ひげをすっかりそり落とした顔は高い頬骨が強調され、印象的な暗い瞳がより目立つ。アントニオは伸びたままの漆黒の髪を後ろへなでつけ、以前の自分の服に着替えていた。やせた体にはかつてほど似合わないが、彼くらいハンサムな男性なら、体にシーツを巻きつけただけでもさまになるだろう。

そんな姿を想像すると頬に血がのぼった。筋肉質の見事な体躯《たいく》をかろうじてシーツで覆い、ベッドに横たわるアントニオ。暗い瞳には……私への欲望が……ケイトリンはかぶりを振った。今はそんな空想をしている場合ではない。肝心なのはレオンとアナベルとアントニオ・ジュニアだ。三つ子のために、父親との間ではっきりさせておきたい問題が多数ある。たくましい裸の胸は話し合いの邪魔になる。

「なんだか見違えたわ」妙に大きな声が出てしまい、ケイトリンは自分を叱った。これではいけないことを空想していたと知らせるようなものだ。

「僕の服を取っておいたのか？」やせた腰に引っかかったジーンズを指さして、アントニオがきいた。

「それに、ひげそりの道具も？」

そしてそれらすべてが寝室のどこに置いてあるか、彼は難なく思い出せたらしい。だから以前の外見にすんなり戻れたのだろう。かつてアントニオは罪なほど魅惑的だったし、今も私は喉から手が出るほど彼が欲しい。ケイトリンは肩をすくめ、彼を見つめるのをやめようとしたが、やめられなかった。

「あの部屋は、ずっと片づけようと思っていたわ。でもいつか三つ子が、あそこにあるものを欲しがるかもしれない。だからそのままにしておいたの」

「おかげで助かったよ。ありがとう」アントニオが小さくほほ笑むと、温かな笑みが彼女の心に流れこみ、奥深く浸透していった。消さなくてはと思っても、消すのが惜しいくらい快い笑みだった。

だめ、だめ。今は話し合いの時間よ。ところがケイトリンが最初の議題を口にする前に、彼が言った。

「ジムがあったよな。あそこもそのままかい？」

「ええ」

「ぜひ見たい。一緒に来てくれないか？」

「いいわ」

　同行を頼まれて喜ぶのは間違っているかしら？

それが間違いなら、いまだに彼に惹かれるのも、たぶん間違いだ。そもそもアントニオと最初に出会ったとき、あっさりあきらめたことが最大の間違いだったと今も後悔している。とはいえ私の交際ルールでは、長くじっくりつき合ってくれる男性でなければ見込みがなかった。ただ出会った当初は、彼とならうまくいくかもしれないと思ったのだ。アントニオは私に言い寄り、私は彼の魅力に圧倒された。でも舞台上手からヴァネッサが登場すると、慎《つつ》ましく貞淑な妹に対する彼の関心は干あがってしまった。

　まっすぐジムへ向かうアントニオのあとを、ケイトリンはなぜ迷わないのかといぶかりながらついていった。彼はジムの壁に飾られたポスターやチャンピオンベルトの前で立ち止まり、ファイトパンツ姿でポーズをとる自分を静かに眺めた。

　きちんと服を着た本人の隣で、半裸の彼の写真を見るのはおかしな気分だった。今もあのシャツの下ではハヤブサ《ファルコン》のタトゥーが女性に触れられるときを待っている。触れたらどんな感じだろう？　ケイトリンはしばしば、その感触を夢見たものだった。

「何か思い出した？」長引く沈黙に耐えかねて、彼女はきいた。二人で並んで黙って立っていると、アントニオの発する熱や心そそる肌の香りまで漂ってきて、裸の胸を想像せずにいられない。

「あれこれと断片的には。だが自分が格闘技のトレーニングを受けたとは知らなかった。リングの外で試合を見ている記憶がよみがえることはあったが」

「ああ、それはたぶん〈ファルコ・ファイトクラブ〉の記憶ね。あなたが設立したクラブよ」

　アントニオはかぶりを振った。

〈ファルコ〉も覚えていないの？　ヴァネッサを失望させるほど、クラブの仕事に夢中だったのに。姉は夫の選手生活が終わればもっと夫婦で過ごせると期待していたが、現実は逆の結果になったのだ。

ケイトリンは彼をある写真の前に導いた。リングに上がる寸前の選手二人が、アントニオと一緒に写っている。「〈ファルコ〉は総合格闘技《MMA》を世に広め、後進を育てる場として、あなたが現役引退後に作ったの。そしてその経営で莫大《ばくだい》な財産を築いた」

「僕はいつ引退したんだ？」

「ヴァネッサと結婚してすぐ、ブライアン・カーとの試合で死にかけたあとよ。後頭部にカーの反則のパンチを浴びてリングに倒れ、病院に搬送されて二日間意識が戻らなかったの。今回の記憶喪失は、あの怪我《けが》と関係があるのかも。あなたの脳はすでにかなりのダメージを負っていたのよ」実際、早く専門医の診察を受けるべきなのに、私が勧めてもアントニオは拒否した。私の言うことなど、彼が聞くはずもないが。記憶喪失も、弱みを認めたがらない強い男性とのつき合いも、私は経験がないのだから。

でも経験したいとひそかに願っている。アントニオとつき合えば、両方体験できる。

「〝ファルコ〟は僕の会社の名前で、僕の名前ではないのか」彼は写真を見ながらおずおずと言った。

その困惑した様子にケイトリンの胸は痛んだ。彼を助けたい。自信満々で何事にも動じない以前のアントニオ・カヴァラーリを取り戻す手伝いをしたい。

「ファルコは、試合中のあなたに観客が呼びかける愛称だったの。それを社名にしたわけ」

「僕が行方不明の間、会社はどうしていたんだ？」

「ええっと、いちおう私が管理していたわ」そして彼の寝室やジム同様、放置していた。

ケイトリンはファイトクラブの経営など何も知らなかったが、会社を売る気にはなれなかった。とはいえ、アントニオの後任に就く気にもならなかった。会社での彼の居場所は、本人が戻ってくるまで、たまたま空席のまま保留にされていたのだ。

アントニオの顔が険しくなり、頼りなげな雰囲気が消えた。「この家も会社も僕のものだ。自分で管理したい。そうできるように、すべき手続きはなんでも君がしてくれ」飛行機事故に遭う前とは違う耳障りなしゃがれ声には、脅すようなすごみがあった。

その瞬間、目の前のアントニオが、今朝戸口に現れたひどい身なりの正体不明の男性以上に見ず知らずの他人に思えた。そしてケイトリンは、アントニオが以前と同じ人間ではないと気づかされた。彼はおとぎ話の王子様のような安心できる理想の人ではない。私も姉とは違い、アントニオのような男性をうまくあしらえない。さらに悪いことに、私は彼が選んだ相手ではないのだ。

「その手続きはとても大変だと思うわ」心臓は早鐘を打っていたが、ケイトリンはゆっくりと言い返した。この頑固そうで無表情なアントニオの心は読めないし、この初めての状況にどう対処すればいいかわからない。「でもあなたはアメリカに帰ってきたばかりよ。〈ファルコ〉が何かも覚えていなかった。いきなり、その経営なんてできるはずがない。まずは何日かかけて状況を把握したらどうかしら。私も手を貸すわ」

それは純粋に親切心からの提案だった。だが同時に、何日かそばにいれば彼の今後の計画がわかるだろうという思惑もあった。もしアントニオが私と三つ子の親権を争う気だとわかったら、闘う覚悟だ。私は三つ子の母親で、今はまだかつてのアントニオの抜け殻でしかないこの男性に、私の子供たちを渡すつもりはない。

3

アントニオが壁の写真から彼女に視線を移した。冷ややかに値踏みするように見つめられて、ケイトリンの心臓はますます早鐘を打った。経験の乏しい彼女には、アントニオのような男性に立ち向かう準備はできていない。それでも彼を説得して、いくつかのルールに同意させなければならないのだ。

「この一年、僕がどれほど苦しんできたか、君にはわからないだろう。今はただ失った記憶のかけらを拾い集め、新たに配られたカードで人生の次の章へ進みたいだけだ。自分を取り戻したいんだよ」

それはしごく当然の望みだが、彼がすべてを取り戻すのは非常に複雑で厄介な作業だ。私に任された銀行口座を返せばすむ問題ではない。今回ばかりは黙って引きさがるわけにいかない。

ケイトリンは大きく息を吸った。「あなたの言い分は理解できるし、異を唱えるつもりはないわ。ただ、それにはさまざまな法的問題が絡んでくるし、私は三つ子の利害を考える必要があるの」

アントニオの険しい視線が和らいだ。「僕だって、子供たちのことは考えているさ」

「よかった。では、万事ゆっくりと慎重に進めるべきよ。あなたは長く留守にしていた。三つ子にはあなたの知らない決まった日課があって、それを乱されると惨事を招くわ」

「僕が子守《ナニー》りを解雇しないかと案じているなら、大丈夫。そんなつもりはない。赤ん坊一人でも自分だけでは世話できない。ましてや三人もいるんだ」

「あなただけじゃないでしょう。私もまだここにいるわ」しかもまだ授乳中で、三つ子が一歳になるまでは母乳で育てる予定だ。私は三つ子にとってかけがえのない存在よ。そう毅然《きぜん》と言い返すつもりが、うろたえて金切り声をあげていた。

アントニオは困惑気味に顔をしかめた。「いや、君は自分の人生に戻ってくれてかまわない。僕が帰ってきた以上、世話係を続ける必要はない」

「なんですって？」ケイトリンは怒りと不安で汗ばむうなじに手を当てた。「私がただの世話係？　三つ子は私のものよ。私は子供たちの母親なの」

アントニオは腕組みして彼女をにらんだ。「代理母だと言ったよな。それなら、もちろん大きな自己犠牲を払ってくれたことは認めるが、子供たちはもともと僕とヴァネッサのものだ。君は、そんな筋合いもないのに長々と三つ子の世話をする羽目に陥った。その義務から解放してあげるよ」

「違うわ！」恐れていた悪夢が現実になったのだ。痛いところを突かれて、理にかなった反論をしたいのに止める間もなく涙がこぼれ落ちた。「犠牲でも義務でもない。子供たちを愛しているから世話をしているの。あなたとヴァネッサ――両親とも亡くなったと思ったとき、三つ子はあらゆる意味で私のものになった。私にはあの子たちが、そしてあの子たちには私が必要なの。私の赤ちゃんたちを取りあげないで」涙で喉が詰まり、もう何も言えない。人生で初めて、そしてただ一度だけ、何かを得るために闘おうとしたのに、論理的にも理性的にも話せず、感情的になって機会を台なしにしてしまった。

驚いたことに、アントニオは心配そうに手を差し伸べてケイトリンの手を取った。指と指を絡め、ぎゅっと握られると、抑えきれない甘いざわめきが彼女の全身を駆け抜けた。

「泣かないでくれ」彼は苦しげにため息をついた。「どうすればいいかわからなくなる」

「何もしなくていいのよ」命綱にすがるように、ケイトリンは彼の手を握りしめた。「何も変えなくていい。今はクリスマスシーズンで、私たちは家族よ。これまでどおり、私はここにいて三つ子の世話をする。一緒にクリスマスを過ごしたあと、この先どうするか考えましょう。きっと年が明けたら、進むべき道がはっきり見えてくるわ」どうか、お願い。

アントニオはゆっくりうなずいた。「もし君に戻るべき別の人生がないのなら、ここにいたいのももっともだ。とりあえず年明けまではいればいい」

「ここそが、私の居場所なのよ」会計士の仕事を辞めた今、私の人生はここにしかない。三つ子の母親になってから、なりたいものはほかにない。そして母親であり続けるために、一月一日までに何か解決法を見出《みいだ》さなくてはならない。もしアントニオが育児は別の誰かに任せたほうが子供たちのためだと判断したら、私は従うしかないのだ。自分で作りあげた家族を失ったら、どうすればいいの？

「ケイトリン」黒い瞳が純粋な感謝の気持ちをたたえて彼女を見据えた。「僕に代わって子供たちを世話してくれて、どうもありがとう」

自分の努力が彼に認められて、とてもうれしかった。脳を損傷していても、アントニオはやはり根は善良な人なのだ。私がずっと知っていたように。

ケイトリンはただうなずいた。感情が高ぶりすぎて、まだ口をきけない。でも彼が冷酷なわけではなく正しい選択をしようと努めているだけだとわかって、希望が生まれた。

私こそが三つ子にとって正しい選択だとアントニオに悟らせればいい。あとは二人でどのように育児を分担するか決めるだけだ。三つ子の扱い方を身につけた私にとっては、たやすい仕事のはずよ。

アントニオにとって、続く二日間は何がなんだかわからないままに過ぎていった。法的問題が絡むとケイトリンが言ったときは、僕の金を管理し続けるための口実だろうと思ったが、実際はずいぶん控えめな表現だったのだ。十年来の顧問弁護士カイル・ラウリーは、アントニオが本当に生きていたといったん納得すると、膨大な書類の山を押しつけてきた。

ケイトリンを伴って弁護士事務所を訪れ、カイルの助手が目の前にさらに書類を積みあげると、しつこく続いていた頭痛がますますひどくなった。オフィスの片隅のクリスマスツリーに飾られた金色のボールがぎらぎら光るのも、頭痛を悪化させる。クリスマス気分を楽しめればいいのだが、アントニオはこの時季に人々が家族で集まって感じる喜びには無縁だった。ケイトリンによれば、彼の両親はかなり以前に死んだらしい。たぶんそのせいで両親を遠く感じるのだろう。

その後もあちこち訪れ、果てしない時間を費やした結果、アントニオは仮の運転免許証と仮のキャッシュカードを手に入れた。クレジットカードも間もなく届く予定だ。銀行窓口係の女性の尽力で自分名義の貸金庫を開けることもできた。自分の人生に復帰する手続きは、まるで底なし沼を歩きまわるような非常に疲れる行程だったが、ケイトリンはそのすべてに同行し、ずっと僕を助け、導いてくれた。

彼女は、なぜまだここにいるのだろう？

彼女の存在が、なぜこんなにうれしいのだろう？　ケイトリンがそばにいるだけで、何もかもうまくいく。彼女に見つめられると、ぞくぞくするようなぬくもりが肌の下に広がる。

三日目の昼食の席で、アントニオはケイトリンをこっそり見つめた。彼女はすばらしい女性だし、子供たちも驚くほどかわいい。そしてケイトリンと三つ子は切り離せない強い絆で結ばれている。彼女は生物学上の母親ではないのに妙な話だ。

アントニオが上の空で三個目のサンドイッチをか

る一方で、レオンが離乳食を払いのけて床に落とした。ケイトリンはそれを見て笑っている。

たとえ何かのピュレやシリアルのかけらしか食べなくても、三つ子も大人と同じ食卓につくべきだとケイトリンは言い張る。アントニオは赤ん坊と一緒の食事など考えたこともなかったが、やってみると三度の食事が単なる日課ではなく、自分の子供たちと過ごすいい機会になった。しかも三つ子に食べさせる役はブリジットとケイトリンが引き受けてくれるので、彼は何もしなくていい。

世話係から解放すると言われたとたんに出ていかなかったケイトリンには、ひそかに感謝している。たいていの女性は大急ぎで三つ子から逃げたはずだ。ケイトリンがここに残った理由は、感謝の印に僕の財産をたっぷり分けてもらうという魂胆くらいしか思いつかないが。もちろん分けるつもりだ。それだけの犠牲を払ってくれたのだから。

「あなたの番よ」

ケイトリンが差し出したスプーンを、アントニオは驚いて二度見した。「何が、僕の番だって？」

「アナベルに食べさせて。三つ子の中で一番食にこだわりがないから、初めてでも食べさせやすいわ」

うまく断る言葉が浮かばず、彼はスプーンを受け取った。娘のハイチェアに近づいてボウルの中身をのぞきこむ。どうやらリンゴのピュレらしい。

アントニオは顔をしかめ、ピュレを少しすくってからアナベルを見た。娘は青い瞳を輝かせて彼を見返した。指を何本もくわえてしゃぶっている赤ん坊の口に、どうやってスプーンを入れるんだ？

「ほら、いい子だから口を開けてくれ」

アナベルはまつげをはためかせ、不機嫌そうなうなり声をあげた。指は口に突っこんだままだ。

「なあ、頼むよ」彼は娘に懇願した。

ケイトリンがくすくす笑い、アントニオが横目で見にらむと笑い声はさらに大きくなった。この試験に必ず受かってやるとばかりに、彼は肩をまわした。だが娘に離乳食を食べさせるのは、今日すべき仕事の中で最も難しい課題かもしれない。

とはいえ、インドネシアでは骨折後の治りが悪い脚でなんとか歩くすべを身につけた。医師からは切断するしかないと言われた脚だが、今ではほとんど引きずらずに歩ける。それほど屈強な僕が、小さな赤ん坊一人にてこずるはずがない。

もっと口を開けてと促すように、アントニオは娘の手の甲をスプーンの縁で軽く叩《たた》いた。ところがその瞬間、アナベルが指を口からぐいと引き抜いた。勢い余って小さな手がスプーンをはねのける。スプーンは壁にぶつかり、オレンジ色のピュレが飛び散り、壁を伝って床へ流れ落ちた。

苛立《いらだ》ちがこみあげ、アントニオは思わず拳を握りしめた。それからぞっとして、すぐさま拳を膝に押しあてた。何かあったとき、僕の最初の反応は攻撃だ。しかしその衝動は抑えければいけない。さもないと、とんでもない父親になってしまう。

規則正しく息を吸っては吐いて、苛立ちを抑えこむ。やがて拳がゆるんだ。よし、これでいい。

初めて自分の子供の世話をしようとした僕に、娘は最強の守りの一手で応じたのだ。アナベルが無邪気そうにまばたきするのを見て、アントニオは眉間のしわを深めた。「なるほど。体を回転《スピニング》させながら手の甲《バックハンド》で打つ。君はその技を使うわけだ」

〝スピニング・バックハンド〟その用語はいきなりアントニオの脳裏にひらめいた。さらに、ほかの技の名前も次々と浮かんできた。タイの格闘技ムエタイの技だ。ムエタイこそ僕の専門分野だった。ウィリポに習った技を難なくマスターできたのは、僕自身が師範として教えてきたからだ。

なぜ今この場で記憶がよみがえったのだろう?

先日自分のジムで、総合格闘技《MMA》のチャンピオンになった記念品に囲まれていたときではなくて。

これまでにないくらい激しい頭痛が襲ってきて、うめき声がもれてしまった。

「無理しないで」ケイトリンがさっと立ちあがり、床に落ちたスプーンを拾った。「食べさせてみたら子供の世話が好きになるかもって思っただけなの」

「大丈夫だ」アントニオはこめかみの刺すような痛みに耐えつつ言った。「ちょっと失礼するよ」

階段を上がって主寝室へ戻ると、椅子に座り、両手で頭を抱えた。このままではいられない。記憶がよみがえるたび頭痛に襲われ、赤ん坊に何か食べさせることすらできないようでは困る。

だが、どうやって現状を変えればいいんだ？

故郷に帰りさえすれば、記憶も人生も取り戻せて、問題はすべて解決するはずだった。ところが現世に生還する旅は、まだ先が長いとわかっただけだ。

一時間後、頭痛がある程度治まったので、アントニオはケイトリンを捜しに行った。彼女はサンルームで電子書籍を読みふけっていた。

「クリニックへ行ってくる」彼は短く告げて、何かきかれる前に部屋を出た。ケイトリンからは診察を受けるよう言われ続けていたが、ずっと拒否してきた。インドネシアの病院で散々診察を受けて、もううんざりだったのだ。どんな医師も僕の記憶を取り戻せないし、事故で負った傷を治せない。

だがもし西洋の医師がこの頭痛を消せるなら、大いに結構な話だ。とにかく僕は父親になる必要があり、まともに動けなくなるほどの頭痛が頻発しては困るのだ。

「送っていくわ」廊下を追ってきたケイトリンが背後で言った。「運転免許証が手に入っても、すぐに運転できるわけじゃないでしょう。私の車で――」

アントニオがいきなり振り返ったので、ケイトリンは止まりきれずに彼の胸にぶつかった。

二人ともバランスを崩し、アントニオは彼女を支えようと両腕を上げ、ケイトリンはよろめいたあげく壁に押しつけられた。二つの体が絡み合うと、彼の下半身は硬直して熱い興奮が腹部を貫いた。

ケイトリンが目を丸くして彼の目を見つめているが、アントニオはどうしても体を引けなかった。彼女の荒い息遣いとともに、柔らかな胸が彼の胸の下で激しく上下してさらに興奮をあおる。

「ケイトリン」小声で呼びかけたものの、ぽかんと開いた彼女の唇に目を奪われ、続く言葉を失った。

ケイトリンは豊かな下唇を噛《か》み、咳払《せきばら》いした。

「あの、もう放してくれて大丈夫よ」

アントニオは彼女を放して一歩下がったが、本当は離れたくなかった。「君にききたいことがある」

ケイトリンは落ち着かない様子で乱れた髪をなで、目をそらしたまま応じた。「いいわよ。どうぞ」

「僕をヴァネッサに紹介したと言っていたが、君と僕はどうやって出会ったんだ？」かつてケイトリンを腕に抱いたことがあったのなら、自分から進んで彼女を手放したなんて愚かすぎて信じられない。

「私はリック担当の会計士だったの。リックは、選手時代のあなたのマネージャーよ。確定申告書作成のために彼の家を訪れたとき、そこにあなたがいた。ピンク色のシャツを着ていたわ。二人で話し始めたら、あっという間に三十分が過ぎていた」

ケイトリンの記憶は鮮明だ。出会った日の服の色まで覚えていてくれたことに、アントニオは自尊心をくすぐられた。「でも僕の何かが気に入らなかったんだね？」さもなければ、自分の姉との仲を取り持ったりしなかったはずだ。あるいは、僕のことはただの友人と思っていたのだろう。

「まさか！　あなたはすばらしかったわ。魅力的で、紳士的で」どうやら赤面しやすいたちらしく、彼女の頬はまた紅潮し、瞳のブルーが際立って見える。

「つまり、初対面でちょっとのぼせてしまったのかも。スターにあこがれる少女みたいにね。多くのセレブの会計士を務め、有名人には慣れっこの私らしくもない。愚かだったわ」

その告白で、アントニオはピンク色のシャツの話以上に気をよくした。この私心のない女性は、僕とは長いつき合いらしい。彼女のことをもっとよく知りたい。「それじゃあ、君は会計士なのか」

「今は違うわ。姉……が亡くなったとき、顧客全員を後任者に引き継いだから」ケイトリンはきまり悪そうに笑ってつけ加えた。「いまだに〝姉夫婦が亡くなったとき〟と言おうとしてしまうわ」

「ヴァネッサと結婚していた記憶が全然ないんだ。僕たちがいいカップルになりそうだと思って、引き合わせてくれたのかい？」

きいてからアントニオは不意に気まずさを覚えた。記憶がないとはいえ、ヴァネッサは僕の妻だったのだ。その妹をもっとよく知りたいと望むのは不謹慎では？ケイトリンのことは、三つ子の一時的な母親役とだけ考えるべきだ。僕の不届きな望みを知ったら、彼女は仰天するだろう。

「そうじゃないけど。ヴァネッサが私の姉だと話したら、あなたが会いたがったの。紹介後は、もう私なんかあなたの眼中になかったみたい。姉のほうが……ずっと記憶に残る人だったから」

「それは同意しかねるな。目を閉じたとき、僕が思い描けるのは君の顔だけだ」美人を見ると無意識に口説いてしまうのか、この女性だけが特別なのかはわからない。とにかくアントニオは言わずにいられなかった。

ケイトリンの口元に笑みが浮かび、頬がますます朱に染まった。この赤面しやすい透きとおった肌の女性を誘惑するのが楽しくてたまらない。この不届ケイトリンは大きな楽しみを謝る気にはなれない。僕には何か楽しみが必要だ。それは悪いことだろうか？

「でも姉は美人で有名人だった。会いたがるのも無理はないわ。誰もが私に紹介してと頼んだものよ」

ケイトリンはヴァネッサが有名な女優で、何百万人もの視聴者に愛されたテレビドラマ『ビーコン・ストリート』に主演したと語り、姉夫婦のおとぎ話のような結婚式を回想して感傷に浸った。「ヴァネッサは何よりも子供を欲しがっていたわ。自分たちの完璧な結婚に欠けているのは子供だけだからと」

アントニオはケイトリンの話を聞いていても、なんだか自分とは無関係な話のように感じた。何しろヴァネッサを愛した記憶がないのだ。

自分の人生に復帰し、前へ進むためには、過去の結婚生活を思い出し、妻の死を悼む必要がある。

「もっとヴァネッサのことを知りたい。話してくれるかい？　それとも、話すのはつらすぎるかな？」

ケイトリンは小さくほほ笑んでうなずいた。「つらいけど、話すのは私にとってもいいことだわ。毎日、姉を思い出しては悲しんでいるんですもの」

ヴァネッサへの愛にあふれた生き生きした表情で、ケイトリンは情熱をこめて語り始めた。だがアントニオは、ケイトリンを壁に押しつけ、もう少しでつややかな長い髪に触れそうになった瞬間を思わずにいられなかった。もしヴァネッサを紹介してくれと頼まなかったら、僕とケイトリンの関係はどうなっていただろう？

そんなことを考えるなんてどうかしている。現在の状況に目を向けたほうがいい。幸い、ケイトリンのおかげで頭痛を忘れられた。僕には彼女の助けが必要だ。飛行機事故以来、自分には大きな幸運が訪れ、ケイトリンこそがその幸運の源だとアントニオは感じていた。

4

　アントニオをクリニックへ連れていく代わりに、ケイトリンは翌日の午後、医師に自宅へ来てもらうよう手配した。彼女の考えでは、再び文明社会に慣れるまで、アントニオは他人との接触をできるだけ避けたほうがいい。そうすれば、彼を独り占めしたいという私の身勝手な願いも叶《かな》う。それは誰も知る必要のない秘密だけれど。

　しかも往診してもらえば、アントニオの気が変わってクリニックへ行くのを嫌がっても無理やり車に押しこむ手間が省ける。もっとも、無理強いできるとは思えないが。取っ組み合いのあげく、また彼の硬い体で壁に押しつけられるのが落ちだろう。

　ゆうべは、あの緊迫した場面を思い出して体が熱くうずき、ろくに眠れなかった。うずきを静める手立てを思いつかないでもなかったが、真夜中にアントニオの寝室を訪れて彼のベッドへ飛びこむのは、さすがに無理だった。深夜のきわどい悪ふざけはヴァネッサの流儀だ。その結果、姉は何度も心に傷を負った。セックスと愛は深く結びついている。私は生涯続く愛を得るまで待つつもりだ。

　それにアントニオのほうも、私の寝室を訪れる空想にふけりつつ眠れぬ夜を過ごしているとは思えない。二人は特殊な事情により、ここに一緒にいるけれど、それぞれ自分の厄介な問題に対処するだけで精いっぱいなのだ。今以上の関係には気軽に踏みこめない。そもそも二人が今、どんな関係かもわからない。友人？　共同で子供を養育する親同士？　何かもわからない関係にロマンスをつけ足すなんて不可能だ。特に、いずれアントニオはどんな女性でもより取り見取りになることを考えれば、なおさらロマンスはありえない。バージンで、三つ子の母親で、元会計士の義理の妹には、セクシーな赤毛の有名女優だった妻ほどの魅力はないはずだ。

午後三時ちょうどに、医師が玄関のベルを鳴らした。白髪交じりの威厳ある医師をアントニオが出迎え、二人の男性は握手をした。

アントニオは午前中ずっとしかめっ面で怒りっぽく、午後に医師の往診があると伝えても不機嫌は変わらなかった。ケイトリンは玄関ホールの近くをうろうろしながら、自分は姿を見せないほうがいいのか、今後の生活における注意点について指示があった場合に備えてつき添うべきか迷っていた。

ヴァネッサならアントニオのそばを離れなかっただろう。妻なら当然だ。でも私は往診の予約を取っただけで、予約どおり医師が来て役目は終わった。

「ケイトリン」アントニオが面白がっているような声で呼んだ。今日の不機嫌からすればいい兆候だ。

「ここへ来てドクター・バーネットに会ってくれ」

ケイトリンはアントニオの横に、ただし少し離れて立ち、医師と挨拶を交わした。

「ラスベガスで、あなたとアロンドロの対戦を見ましたよ。いい試合だった」医師が言った。

褒められてアントニオは頭を下げたが、両手を握りしめ、口を引き結んでいる。医師の言葉で落ち着きを失ったのは明らかだ。試合の記憶がないせいだろうか？　理由がなんであれ、アントニオに気まずい思いをさせる人は許せない。ましてや医師はアントニオを助けるために来たはずなのだ。

「診察できる部屋へご案内しましょうか？」無駄話は不要とばかりに、ケイトリンはてきぱきときいた。

「ええ、ぜひ」ドクター・バーネットは彼女とアントニオのあとから主寝室へ向かった。家中で一番くつろげるとアントニオが話していた部屋だ。

ケイトリンが部屋を出ようとすると、アントニオが彼女の腕に温かな手を置いてささやいた。「君もいてくれ。そのほうがドクターと二人きりより気が楽だ」

ケイトリンは戸惑って黒い瞳を見あげた。「あら、でも気まずくならない？　ドクターに……服を脱ぐよう言われたら」その言葉を口にしたとたん、頬に血が上った。彼のそばにいるここ数日で、それまでの数十年分よりも多く赤面している。

アントニオの唇がおかしそうに震え、ケイトリンはうれしくなった。ようやく彼の顔から険しい表情を消すことができたのだ。ただし残念ながら、その笑顔は私のうぶさ加減を面白がっている。

「君さえ気まずく感じなければ、誰も気まずくならないさ」アントニオは彼女をわざとじっと見つめた。

ケイトリンは顔をしかめて言い返した。「ここに残るわ。からかうのをやめてくれるならね」

アントニオはいたずらっぽくウインクした。「からかうのはやめると厳粛に誓うよ。君が面白いことを言うのをやめてくれるならね」

「条件はまだあるわ」ケイトリンは彼がセクシーな魅力を振りまいているのに気づかないふりをして続けた。実際は、ひたと見つめられてどぎまぎしていたけれども。「ドクターの質問には正直に答えること。さもないと、私が代わりに答えるわよ」

「君が答えるには、服を脱ぐ僕を見るしかないな」

「どうして？」ケイトリンは思わず声を荒らげ、ちらりと医師に目をやった。医師は二人の言い合いが聞こえないふりをしている。アントニオには慎み深さというものが、かけらもないの？

「見なければ、骨折が完治していない脚の状態をドクターに説明できないからね」アントニオはさらりと答えて笑った。ケイトリンは憎らしい腕を叩《たた》いたが、彼は平然と医師にきいた。「ドクター・バーネット、診察は服を着たままで始めますか？　それとも、さっそく脱ぎましょうか？」

医師は咳払《せきばら》いした。「最初は問診です。次にバイタルチェック。結果しだいで、さらに……詳しい診察が必要かどうかが決まります。ミズ・ホープウェルは、その時点で退席なさって結構ですよ」

医師までも、服を脱いだ男性を見慣れない私の経験不足を面白がっているかのようだ。ケイトリンは唇を引き結び、椅子に座って腕を組んだ。

本当に男性というのは愚かで頑固で手に負えない。アントニオが骨折していたことすら、今初めて知ったのだ。きっとひどく痛むだろうし、もっと脚を休めるべきだったんじゃ……いいえ、そんなの私の責任じゃないわ。とにかく私は医師を連れてきた。今度は医学のプロが、自分は不死身だと思いこんでいる愚か者に分別ある行動を取るよう言い聞かせてくれるだろう。

ドクター・バーネットも椅子に座り、往診鞄《かばん》からクリップボードを取り出した。患者にいくつか質問をして年齢、身長、体重などをカルテに書きこんでから、心拍数を測った。「さて、ミズ・ホープウェルのお話では過去を思い出せないとか。そのことについて詳しくお聞かせ願えますか？」

「いや、それは結構。ここへ来てもらったのは頭痛を消してほしいからだ」アントニオはすらすら答えたが、声には頑固さがにじんでいる。一番の悩みは頭痛なの？　ケイトリンは眉をひそめた。

どんな頭痛か特定しようと医師がさらに突っこんで尋ねると、アントニオは答えを拒否した。

「強力な鎮痛剤を処方することはできますが、まずはCT検査を受けていただきたい。記憶喪失と頭痛の関連が心配です。現れた症状に対処する前に、その原因を確かめたい」

「検査は受けない。処方箋を書いてくれ」それだけ言って、アントニオは立ちあがった。医師の意向に関わらず診察は終了だと態度で示している。「ミズ・ホープウェルは、僕の望む治療を正確に伝えていなかったようだ」

ケイトリンは座ったまま動かなかった。誰かがこの場で理性の声をあげる必要がある。「CT検査にはどれくらい時間がかかりますか？　それだけで結果が出るのか、あるいは別の検査もすることになるのでしょうか？　脚の骨折も診ていただけます？」

「そんなことはどうでもいい。僕は病人ではないし、脚も問題なく動く。頭痛をなんとかしたいだけだ」

ドクター・バーネットがうなずいた。「わかりました。処方箋を書きましょう。ただし二日分だけ。検査を受けない限り、それ以上薬は出しません」

「脅迫する気か？」アントニオは怒りに唇を震わせた。「それなら、別の医師を見つけるまでだ」

「どうぞご自由に」ドクター・バーネットは肩をすくめた。「ハリウッドには、金さえもらえばどんな処方箋でも書く悪徳医師があふれていますから。ただ、これだけは覚えておいてください。悪徳医師に金を払った患者は、最後には遺体安置所へ行き着く。私は自分の患者をそんなところへ送りたくない」

私は正しい医師を選んだのだとケイトリンは思った。アントニオが誠実な医師の助けを得る機会を逃すのを、黙って見ているつもりはない。三つ子のために、頭痛も何もかも、医学的に認められた治療法でよくなってもらわないと困る。「ドクター・バーネット、どうぞ適切だと思われる分の処方箋を書いてください。あとはCT検査の場所や時間を書いたメモを私がいただいて、のちほどご連絡します」

アントニオは今日一番に不機嫌な顔で腕組みしていたが、幸い、口を挟んだ彼女を大声で非難したりせず無言だった。医師はメモパッドに何か書きつけ、放射線科の名刺とともに彼女に渡した。ケイトリンは医師を見送り、玄関のドアを閉めた。アントニオはまだ主寝室に立てこもって怒りを静めようとしているはずだ。

ところが振り返ると、彼が腕組みして広い玄関ホールの奥の壁にもたれていた。半ば伏せたまぶたの下からケイトリンを見つめている。さっきほど不機嫌そうではないが、なぜかさらに危険な雰囲気だ。

驚いて後ずさった拍子に彼女はドアにぶつかり、両手がドアと背中の間に挟まった。なんだか無防備な姿をさらしている気がして、慌てて手を前にまわし、お腹《なか》の上で指を組み合わせた。みぞおちのあたりから、妙なざわめきが広がり始める。

「CT検査は受けない」アントニオがぴしゃりと言った。「確かに医師を呼ぶよう頼んだが、無意味な検査をあれこれ強要されるのはお断りだ。インドネシアでも散々治療を受けたが、どの医師も僕を治せなかった。もううんざりなんだ」

ケイトリンはかぶりを振った。絶対に引きさがるつもりはない。「でも今回の検査が役に立つかもしれないわ。記憶を取り戻したくないの?」

「取り戻したいさ。だが今まで、役に立ったものは一つだけだ。それは医師でも検査でもなかった」

アントニオにまじまじと見つめられて、ケイトリンは何も考えられなくなった。眠っていた神経の末端が目覚め、肌の下で波立ち、彼女に動けとしつこく促してくる。でも動けって、どこへ?

「何が役に立ったの?」ケイトリンは小声できいた。

「戦うことだ」その言葉は大理石の床に反響し、彼女の耳に鳴り響いた。「僕はリングに戻る必要がある」わかってくれとせがむように、彼女には与えられない何かを求めるように、黒い瞳がひたとケイトリンを見据えた。「僕は――」

「だめよ! あなたの頭の状態がわからない今、さらにダメージを与えるのはまずいわ」

アントニオは身も心も傷ついて、数日前に文明社会に帰ってきたばかりなのだ。今の彼に必要なのは、かつての総合格闘家に戻ることではない。当時のような完璧な健康体ではないし、以前と違って守るべき大切なものがあるのだから。

「ケイトリン、これは君が決めることではない」彼は優しすぎるほど優しい声で言った。もう心を決めているのだろう。「これは僕の人生、僕の頭だ。僕は格闘家で、戦うことが僕の仕事だ」

ケイトリンは彼を見あげ、その瞳に浮かぶむき出しの感情に息をのんだ。「あなたが格闘家だったのは遠い昔よ。今は実業家なの」それが私のよく知っている自制のきいた無難なアントニオだ。彼が総合格闘家としてのキャリアを終え、ほかの選手たちを管理する側にまわったとき、その転身は最善の選択だった。修道女さえも魅了する引きしまった格闘家の体躯《たいく》を保ちつつ、荒っぽく残忍なファルコの性格は影をひそめたのだ。

ケイトリンは実業家らしい落ち着いた誠実なアントニオが好きだった。もし今のアントニオが私の好きだった彼でないなら、この男性はいったい誰？

「事故に遭う前の僕は実業家だったかもしれない。だが当時の自分は思い出せない」彼はうつろな目で遠くを見つめた。「そのアントニオは死んだも同然だ。僕が知っている唯一のアントニオは、僕の中で不完全な姿で生きている。そしてこの不確かな状況から抜け出したいと叫んでいるんだ」

なんて恐ろしい状況だろう。アントニオが日々一瞬一瞬感じている混乱と苦悩を想像して、ケイトリンの胸は痛んだ。と同時に、彼が自分の気持ちを少しでも打ち明けてくれたことがうれしかった。

遠くを見ていたアントニオの視線が、またさっとケイトリンをとらえた。いつの間にか近づいてきた彼の体が発する熱に包みこまれ、身動きが取れない。

急いで逃げたいけれど逃げ場がない。自分で自分を窮地に追いこんでしまったのだ。愚かにも、墜落事故を生き延びるほど強い男性を説き伏せて診察や検査を受けさせられるなどと思ったせいで。

そして愚かにも、二人の間のわずかな距離をアントニオに詰めてほしいと願っている。

彼を支え、彼がしっくりくる人生に戻る手助けをしたい。リングへ戻りたいなら、私にそれを禁じる権利はない。ヴァネッサもアントニオが試合に出るのを嫌ったが、姉は夫の危険な行為を阻止できる武器をたくさん持っていたのだ。

私には、彼を止められる武器など何もない。

「どうかわかってくれ。この苛立《いらだ》ちをぶつける相手が、それを受けとめる訓練を積んだ相手が必要なんだ。さもないと、誰彼かまわずぶつけてしまう」

ケイトリンは下唇を嚙《か》んで考えた。記憶が戻らない苛立ちの健康的なはけ口として、彼が自分の得意分野を選ぶのは悪くないのでは？

私はアントニオをメディアからも、以前の部下や仕事仲間からも遠ざけていた。彼があれこれ質問され、答えられずに気まずい思いをするのを避けたかったからだ。でも余計な心配だったのかもしれない。たぶんアントニオは今後一生、世間の目にさらされて生きることになる。私はいつまでも彼を独り占めにはできない。たとえ数日でも、彼をこの家に隠しておけると思うのはばかげている。

そのとき、アントニオが手を差し伸べて彼女の腕をつかんだ。「君が必要――」言いかけてためらい、つばをのんで続ける。「ケイトリン、味方になってくれ。僕には、ほかに誰もいないんだよ」

アントニオが私を必要としている。その上、リングに戻るという彼の選択を、それがどれほど愚かに思えても、認めて支持してくれと頼んでいるのだ。

ケイトリンは目を丸くして、彼の力強い指を手で包みこみ、任せてというようにぎゅっと握った。触れ合った肌からぬくもりが広がった。

額と額をつけて、ありがとうとささやく彼に圧倒され、ケイトリンはただうなずいた。そして親密な言葉と仕草から身を守ろうと目を閉じた。でもまた目を開けると、この攻防に負けたのを悟った。

「〈ファルコ〉へ連れていってあげるわ」彼女は低いかすれ声で約束した。〈ファルコ・ファイトクラブ〉の建物へ連れていくというだけの意味ならいいけれど、実際はアントニオをファルコに、かつての総合格闘技《MMA》チャンピオンに、つまり絶え間なく頭にパンチを浴びる選手に戻すことになりそうだ。

ああ、私はとんでもない事態を招いてしまった。

アントニオは、自分が運転すると言い張るケイトリンに従った。ひどい頭痛のせいで少し視界がぼやけていたのだ。といっても、CT検査が必要なほどではない。脳のスキャンなら過去に何度も受けた。そして最後の検査の結果、選手生命を絶たれた。それは思い出せるのに、妻の顔すら思い出せないのはなぜだろう。だがその疑問を解き明かすのは、もうあきらめていた。

途中で薬局へ寄って鎮痛剤を受け取ったが、のむのはあとにした。添付の説明書によれば、眠くなる可能性があるという。帰国後初めて自分の会社を訪ねる今は、頭をはっきりさせておきたい。

見えてきた建物を指さし、ケイトリンが説明した。彼自身が土地を買い、設計図をチェックし、内装を決め、家具を選び、ゼロから造りあげた会社だと。

アントニオは目を凝らして記憶がよみがえるのを待った。だがガラスと煉瓦《れんが》のシンプルな外観は、ロサンゼルスの多くの建物となんら変わりはない。

煉瓦の壁面に赤と黒の文字で〈ファルコ・ファイトクラブ〉の社名が躍っている。その下に描かれたハヤブサ《ファルコン》は、彼の胸部のタトゥーを模した会社のロゴマークらしい。アントニオはシャツの上からタトゥーに触れてみた。これが僕の過去の一部であり、未来でもあるのだ。もっとも、会社の実務面は何もわからないし、経営の実権を取り戻したいとも思わない……今のところは、まだ。

ここへ来たのはリングに上がるためだ。

アントニオは、ケイトリンが慎重に運転してきたレンジローバーから降りて、急に不安になった。もしリングに上がっても記憶が戻らなかったら、彼女の言うように、頭にさらに怪我《けが》を負って障害がひどくなったら、どうするつもりだ？　今の僕は父親で、自分以外にも気遣うべき相手がいるのだ。

ケイトリンがためらう僕の手を取った。寄り添う彼女の存在が、なぜか自然で正しいと感じられる。今も会社の玄関を眺めて立ち尽くす僕を、どこまでも支えると無言で励ましてくれている。選手復帰には断固反対のはずなのに。

アントニオの心の動揺が静まった。ここで何が起ころうとも、自分の幸運に感謝すべきだ。インドネシアで一年間願い続けたとおり、ようやく過去の人生を見つけられるのだから。

胸に刻まれたファルコンのタトゥーと、煉瓦壁のロゴマークはよく似ている。どちらもアントニオ・カヴァラーリの魂を包む外壁に描かれ、その中には僕が求める答えが隠れている。〈ファルコ・ファイトクラブ〉で過去の自分のかけらをすべて回収するまでは、決してあきらめるものか。

「クラブは今も営業中かい？」彼はきいた。

ケイトリンはうなずいた。「最高経営責任者《CEO》代理を務めるトマス・ウォランから毎月収支報告書をもらっているわ。彼が立派に任務をこなしているか、私には見当もつかないけれど。いずれまたあなたが引き継ぐにしても、今すぐじゃなくても、みんなは理解してくれると思う」

「みんな、もう知っているのか？」だが、そのみんなとは誰なのか、さっぱりわからない。頭痛が再燃し、やはり鎮痛剤をのんだほうがいいのではないか、とアントニオは思った。そうすれば頭がぼんやりして、この当惑と苛立ちが和らぐかもしれない。

ケイトリンはつかんでいた彼の手を強く握ってから放した。アントニオはたちまち彼女の肌のぬくもりが恋しくなり、もう一度手を取りかけたが、外で親しげに振る舞うのはまずいと気づいてやめた。

「ええ、知っているわ。昨日トマスが電話をくれたの。あなたが帰ってきたと顧問弁護士から連絡を受けたみたいで、本当かどうかきかれたわ。私は本当だとだけ答えた。あなたが事情をどこまでみんなに明かすつもりか、わからなかったから」

「ありがとう」とはいえ、僕が自分の造りあげた建物内を盲人のように手を引かれて案内されたら、事情はおのずと明らかになるだろう。

「アントニオ、これまではあなたをメディアから隠してきたけれど、〈ファルコ〉へ来た以上、彼らのレーダーに引っかかると思うの。いずれ容赦ない取材攻撃を受けるわ。覚悟しておいてね」

殺到する群衆。突きつけられるカメラやマイク。〝ファルコ、ファルコ〟と繰り返し叫ぶ声。今まで一番鮮明な記憶のかけらが、いくつも重なって押し寄せた。その中には、群衆をかき分けて進むマネージャーのリックのあとについて、リングを去る自分の姿もあった。

新たな記憶がよみがえると同時に、予想どおり新たな頭痛に襲われた。記憶を取り戻すためなら頭痛は我慢するが、それにしてもつらい代償だ。

「僕は……」取材には慣れていると言おうとして、今回きかれるのは直近の試合についてではないと気づいた。なぜ妻のことを覚えていないのか。消息不明だった一年間どこにいたのか。さらに、もっと答えにくい質問をされるかもしれない。すでに父親になっていたと知って、どう感じるか、とか。

メディアは僕の私生活を暴き、三つ子の写真を撮りたがるだろうか？　僕の子供たちを、あの子たちのためを一番に考えない連中の餌食にしたくない。

ケイトリンは僕をメディアから隠してきてくれた。まるで僕を守りたいかのように。そう思うと心の柔らかい部分を締めつけられて、なんとも言えない気持ちになった。

「ここへ来るべきじゃなかった」彼はつぶやいて、レンジローバーに戻ろうとした。過去を深く掘りさげようとすればするほど、僕にはファルコという名がふさわしくなる。猛禽《もうきん》ファルコンの鉤爪《かぎづめ》や翼を使おうと常に身構えるから。そして、そんな自分が嫌いだ。戦うファルコと逃げるアントニオの中間を取って、正しい姿勢で人生に取り組みたい。だが、どうすればそうできるのかがわからない。

「待って」ケイトリンが彼の肩に手を置いて引きとめた。温かな手のひらの下で肩がうずいた。女性に触れられると、僕はいつもこうなるのか？　あるいは、この女性だけに反応するのだろうか。

それすら思い出せない。アントニオはますます苛立って彼女から離れたが、車のドアを開け、助手席に乗りこむ寸前で足を止めた。

「やめさせるつもりではなかったの。あなたにとって、ここに来るのは大切なことよ。中に入るべきだと思う。五分間だけ入りましょう。中を歩きまわって、挨拶して、帰ればいい。五分くらいならメディアが集まってくる暇も、声をかけられる心配もないわ」

「だがそのあとはどうなる？　明日もあさっても問題は未解決のままだ」彼は思わず険しい口調で言い返したが、ケイトリンはひるまなかった。

問題はメディアだけではない。記憶を取り戻すための長く苦しい闘いと、それに伴う頭痛を思い、アントニオは不意に打ちのめされてしまった。

「ええ、問題はなくならない。今日この第一歩を踏み出しても、踏み出さなくても」だからこれが必要よね、というように、ケイトリンが手を差し伸べた。

すかさずその手を取ると、彼女の意志と活力が流れこんできて、アントニオの不安は一瞬で静まった。

「行きましょう」ケイトリンは彼を車から引き離し、ドアを閉めた。「みんなと話すのは私に任せて。練習試合をしたいなら、誰かしら相手をしてくれるわ。隣の建物にジムがあって、いつも大勢がリングやマシンを使ってトレーニングしているから」

「なぜ僕の会社のことをそんなによく知っているんだ？」彼女に手を引かれて正面玄関へと向かいながら、アントニオはきいた。こめかみがどくどく脈打つのは緊張か、恐怖か、それともケイトリンの甘い香りのせいなのか。たぶん、その全部だろう。

「この一年、時折ここを訪れていたの。三つ子を連れてきたこともある。ここで父親の何かを感じて受け継いでもらいたかったから。ばかみたいよね。そんなの、赤ちゃんにわかるわけがないのに」

ケイトリンが笑い声をあげると、アントニオの唇にも笑みが浮かんだ。なぜ彼女はこんなことができるんだ？　僕は車に乗りこみ、彼女に運転を命じて急いで家へ帰り、不機嫌なまま自室に閉じこもるはずだった。ところが今は笑みを浮かべて会社へ向かっている。そうさせたのはケイトリンだ。

本当は僕を行かせたくなかった場所を案内してくれるつもりなのだ。それが、僕のためだから。

実に大した女性だ。私心がなく、美しい。そして僕の子供たちの母親だ。その役割は一時的なものではないと、今わかった。彼女の一挙一動に三つ子への愛があふれている。ケイトリン・ホープウェルは僕の子供たちの母親なのだ。改めてそう思うと、なぜか彼女がさらに魅力的に感じられた。

しかし絶えずつきまとう後ろめたさが、ケイトリンの笑い声を聞いて胸に広がった喜びを押しつぶした。ケイトリンの姉も、妹同様美しくセクシーだったろうに、なぜヴァネッサに惹《ひ》かれた気持ちを覚えていないんだ？　ケイトリンの手の下で肩がうずいた感触はまざまざと思い出せるのに、なぜ妻の手の感触を思い出せないんだ？　妹ではなく姉のほうと結婚したのだから、亡くなった妻は性格も外見もケイトリンより優れていたに違いない。だが、どこがどう優れていたのか思い出せない。

こんなふうに何も思い出せない状態では、ヴァネッサとの関係を過去として葬り、新たな関係に進むのは難しい。特に相手がケイトリンでは、亡き妻への不貞のような後ろめたさを覚えるからなおさらだ。

5

ガラスのドアから〈ファルコ・ファイトクラブ〉に足を踏み入れたアントニオは、畏怖の念に打たれて言葉を失った。受付は静寂に包まれ、ここが重要な役目を担う特別な場所だという雰囲気が漂っている。この会社のすべては僕のもので、僕がゼロから造りあげたのだと思うと、不思議な感じがした。

床には赤と黒で縁取られた白い大理石が敷かれ、壁には自宅のジムと同じく額入りの写真がずらりと並んでいる。獰猛《どうもう》な顔つきの選手がグローブをはめた両手を掲げたり、腕を交差させて盛りあがった筋肉を誇示したりしている写真だ。その多くが大きな世界チャンピオンのベルトを身につけていた。

アントニオ自身の写真も三枚ある。どれもウェルター級チャンピオンのベルトをつけている。その写真を撮ったときの記憶が鮮やかによみがえった。ところがこの床の大理石を選んだときのことはまったく思い出せない。今日以前にこの建物に足を踏み入れた記憶もない。どうやら僕の記憶喪失は、ノックアウトされて選手を引退した最後の試合以降の出来事に集中しているようだ。

それならCT検査を受けるのも一案かもしれない。あの試合で脳に外傷を負い、その後の飛行機事故でさらにダメージを受けた結果、ある期間の記憶が遮断されたのなら、検査して治療法を探るべきでは？もっとも、最後の試合以前から妻だったヴァネッサの記憶もほとんどなく、ケイトリンについては何も覚えていないのだから、この仮説もあてにならないが。

いずれにしろ、インドネシアで散々検査や治療を受けたが、誰も僕を治せなかった。今回希望を抱いたあげくに、また失望するのはまっぴらだ。

いかにもクリスマスシーズンらしく、受付には小さなツリーが飾られ、ビング・クロスビーの往年の名曲が流れていた。もちろんアントニオはそれが《ホワイト・クリスマス》だと気づいた。脳がクリスマスの歌を記憶していても別に不思議ではない。

ブロンドのはつらつとした女性が受付のデスクから顔を上げ、彼を見て心底うれしそうにほほ笑んだ。

「ミスター・カヴァラーリ！」女性はかぶりを振り、目を丸くしてアントニオをしげしげと眺めた。「信じられません。まるでこの一年間が嘘《うそ》だったみたい。一年前と少しもお変わりないですね」

アントニオはただうなずくことしかできなかった。何しろ、たぶん自分が雇ったのであろう、この女性の名前すら思い出せないのだ。

「ハーイ、マンディ」困惑する彼の心を読んだかのように、ケイトリンがすかさず口を挟んだ。「アントニオは、自分の留守中の会社の状況を知りたがっているの。トマスと彼の優秀なチームが万事うまくやってきたと請け合ったんだけど、本人に直接確かめてもらうに越したことはないでしょう?」

また助けてもらった。ケイトリンへの感謝がこみあげたが、アントニオはその気持ちを抑えこんだ。彼女に僕の心が読めるはずがない。ただのまぐれ当たりだろう。僕たちはろくに互いを知らないし、だいいち、僕自身ですらたいていは自分が何を考えているかわからないのだから。

「もちろんです」受付の女性――マンディ――はケイトリンに笑みを向け、デスクの電話を取って誰かと小声で話した。「すぐにトマスが来て、中をご案内します。ミスター・カヴァラーリ、本当によかったですわ……あの……お戻りになられて」

〝死んでいなくて〟と言いたかったわけか。確かにそのとおりだ。「ありがとう、マンディ」

白髪交じりの髪を短くカットして高価なオーダーメイドのスーツを着た男性が、急ぎ足で現れた。トマスだ。アントニオの脳裏に、彼と二人でこの場所に立つ姿が浮かんだ。トマスの初出勤の日の記憶だ。よかった。やはり僕の記憶は脳のどこかにあり、条件さえ整えば表に出てくるのだ。

スウェットの上下を着た若者二人が、トマス・ウォランの両脇を固めていた。二人とも不穏な顔つきで手を拳に握り、身を乗り出すようにして受付エリアへ入ってきた。総合格闘技《MMA》の選手だ。

アントニオもよく同じ姿勢をとっていたので、すぐにわかった。ただしここ数年、自社の最高経営責任者《CEO》となってからは、今にも相手に飛びかかりそうなあの姿勢は忘れていた。だが今回、この建物に足を踏み入れただけで思い出した。ここへ来て多くの疑問がわき、いくつかの答えが得られた。

ここには、過去のアントニオ・カヴァラーリの記憶が詰まっている。それを取り戻したい。

「トマス」アントニオは年上の男性に片手を差し出し、相手はその手を握った。

「本当だったんですね」〈ファルコ〉のCEO代理は、アントニオの全身にさっと視線を走らせてから顔をまじまじと見た。「この目で見るまで信じられなかった。さて、それでは……その……お留守の間に我々が改善した点をお見せしましょうか」

僕が死んだと見なしていたことをどう説明するか、誰もが言いまわしに苦慮するようだ。無理もない。アントニオはどう言うか決めるより先に口を開いた。「取り繕うのはやめて本音で話そうじゃないか。君たちは僕が死んだと思ってこの一年を過ごした。その間の決定については賛成しないかもしれないが、あら探しをするつもりもない。君たちなりによかれと思ってしたことを全否定はしないよ」


トマスが眉を上げた。「お説ごもっとも。何しろ前例のない状況ですから。お互い柔軟に対応する必要があるでしょう」ついてきてください、と身ぶりで示し、彼は先に立って建物の奥へ進んでいった。

二人のMMA選手もあとに従った。あの二人はお飾りとして、あるいはこけおどしのために引き連れているに違いない、とアントニオは思った。

短い視察では、特に記憶は呼び覚まされなかった。だがここを訪れただけで、すでに貴重な収穫があった。社内を見てまわるうちに、自分が不屈の精神と優れた実務手腕を発揮して造りあげた〈ファルコ・ファイトクラブ〉の真価を理解できたのだ。

僕がこの会社を設立したのは、MMAというスポーツの過去の栄光を取り戻すためだった、とアントニオは気づいた。〈ファルコ〉はメディア関連の巨大複合企業とのしがらみを持たない。そして巨大企業トップの方針や収益を求める体質に汚染されるこことなく、慣習にとらわれない規律をMMAに導入し、ユニークな手法で世界で最も優秀な選手を育成する場となったのだ。何より重要なのは、CEOであるアントニオが、すべてのMMA選手はスポンサーとの裏取引ではなく、各自の勝敗記録に基づいて選手権を争えるようになるべきだ、と主張したことだ。

そして〈ファルコ〉は大きな成功を収めてきた。

〝あなたはここの経営で莫大《ばくだい》な財産を築いた〟とケイトリンに言われて想像した以上の利益を上げている。トマスに会計簿を見せてもらったとき、アントニオは純利益の欄にさっと視線を投げ、数字の桁が間違っていると思った。だが間違いではなかった。彼の会社は数十億ドルの金を動かしているのだ。とてつもない額だ。先日、弁護士のオフィスでアントニオの財産を管理する権利をケイトリンから本人に移す手続きをしたとき、銀行口座の残高にもっと注意を払うべきだった。

僕に三つ子の世話係から解放すると言われても、ケイトリンがその最初のチャンスをとらえてさっさと逃げ出さなかったのもうなずける。彼女には、世話になった礼金として数千万、いや即決で数億ドル渡してもいい。たぶんそれがケイトリンの望みだろう。純粋な愛情から三つ子の世話をしているように見えるが、誰だって何か欲しいものはある。そしてその何かは、金であることが多い。

「ジムを見たい」アントニオは唐突に言った。

「承知しました」トマスは隣の建物へ案内した。

リングに上がれると思うと、アントニオの全身に活気が満ちあふれた。ここへ来た目的はそれだけだ。ところが事務所を見てまわるうちに当初の目的は失われ、実業家アントニオに引き戻されていった。

実業家も思ったほど悪くはなかった。

過去を取り戻して自分の人生に復帰するためには、格闘家と実業家の両方の魂を一つの旗の下に統合するる必要があるようだ。だが、今日はできない。今は心を落ち着けたい。そして過去一年間、心の平安を得られた場所はリングだけだった。

ジムに入ると、アントニオの目は用具のクローゼットや、三つもあるリングや、各種トレーニングマシンに引き寄せられた。すべてが記憶どおりに配置されている。本当にここを覚えていたのか？　それともノックアウトされて引退する前に見た別のジムの記憶か？　以前見たジムと同じ配置で、自分がこのジムを設計した可能性もある。

アントニオは巨大な洞窟のようなジムの中を大股で進んだ。多数の筋骨たくましい男性と、驚いたことに少数の女性も、さまざまなトレーニングに励んでいたが、一人、また一人と動きを止め、グローブを下ろし、アントニオを見つめた。

「このとおり、僕は海の墓場からよみがえった」彼は部屋中に呼びかけた。「誰か、幽霊と一ラウンド戦う勇気のある者はいないか？」

「やあ、カヴァラーリ」二十代前半のヒスパニック系の男性が重量ベンチから立ちあがり、にやりと笑った。そして駆け寄ってくると、慣れた動作でアントニオの腕に軽くパンチした。「おまえは死んだと聞いていたが。これまで何をしていたんだ？　プロとして戦える体を取り戻すまで、隠れてトレーニングしていたのか？　利口なやり口だ」

ばかげた考えだが、なかなか賢い。ここ一年間の居場所をメディアにしつこく尋ねられたとき、軽くかわす答えとして採用してもいいかもしれない。

「ハーイ、ロドリゴ」ケイトリンが横から声をかけ、アントニオに目配せして小声でささやいた。「ロドリゴとあなたは、仲のいい友達だったの」

家へ帰ったら、ワインセラーの中で一番高いワインをおごってケイトリンを酔わせ、慎重に彼女の真の目的を聞き出そう。どれほど三つ子を愛しているように見えても、誰も動機なしに人助けはしない。

アントニオは彼女の親切の動機を知りたかった。

「相手をしてくれるのか？」ロドリゴを見据えて、
アントニオは一番近いリングのほうに頭を振った。

「もちろんさ、ボス。昔みたいにね。ただし秘密のトレーニングで格段に強くなったのなら、手加減してくれよ」

「こちらこそ、お手柔らかに頼む」アントニオも笑みを返した。どうやらロドリゴとは前にも練習試合をしたことがあり、実力は同等だったらしい。だが今はどうなのか、正直さっぱりわからない。確かめるのが待ちきれない。

まるで二つの歯車が噛《か》み合うように、アントニオの中で何かがかちりと所定の位置に収まった。そして歯車は軽くなめらかに回転し始めた。

頭痛もほとんど治まった。もし神が僕の願いを聞き届けてくれたのなら、これから数分の間に貴重な記憶が一つか二つよみがえるはずだ。

ほどなくアントニオは、ケイトリンに言われて家から持ってきたファイトパンツに着替えた。ケイトリンは、広いリングでロドリゴと対峙《たいじ》するアントニオを見つめた。二人の男性はどちらも上半身裸で素足だ。アントニオ・カヴァラーリが戻ってきてリングに上がったというニュースが社内を駆けめぐるのに五分もかからなかった。〈ファルコ〉のオフィスビルにいたほぼ全員がジムに押しかけ、期待に満ちた顔でボスの帰還についてささやき合っている。

アントニオに注がれる女性たちの視線は、たとえバールを使っても引きはがせなかっただろう。ケイトリンはいちおう見ないふりをしていたが、それでも彼はすばらしい。体は引きしまってたくましく、金色に日焼けした肌に猛禽《もうきん》のタトゥーが映え、やや長めの黒髪を後ろへなでつけたので、ブラックダイヤモンドのように輝く印象的な瞳がより際立つ。

どうやら私は有能な実業家同様、格闘家の彼も好きらしい。格闘家のほうがもっと好きかもしれない。リング上の彼を見たとき、体が熱くほてり、生々しい反応は自分でも恥ずかしくなるほどだった。

姉の夫にこんなに心を揺さぶられるなんて、こんなに長い間アントニオに消えない思いを寄せ続けるなんて見苦しい。何より恥ずかしいのは、彼に惹《ひ》かれる理由だ。アントニオのことは、ハンサムで誠実で落ち着いた完璧な実業家だとずっと考えていた。ところが今は、相手を痛めつけようと身構える彼の戦う姿勢に魅力を感じている。そんなふうに男らしい肉体に強く惹かれる自分が恐ろしかった。

それでも女らしい渇望があふれてくるのを止められない。なぜかわからないけれど、リングに上がったアントニオは途方もなくセクシーなオーラを放ち始めたのだ。

ケイトリンは戦うアントニオを目の前で見たことがなかった。彼とヴァネッサが結婚したあとはいつまでも自己憐憫《れんびん》に浸り、姉夫婦と過ごす時間はできるだけ短くした。アントニオが地味で控えめな妹でなく、あでやかな姉を選んだ事実を見せつけられるのがつらかったのだ。とはいえ、彼を責めたわけではない。たいていの男性は姉に目を奪われて妹を無視したし、ケイトリンはそれを苦にしなかった。アントニオが同じことをするまでは。

姉たちの結婚期間中はずっと傷心と失望と嫉妬を隠し、自分が妻になれればよかったのにと思っていた。そしてヴァネッサの死後は、姉に抱いた醜い感情に罪悪感を覚え、自分にうんざりもした。

今は、ヴァネッサは亡くなったのに自分が生きていることを申し訳なく感じていた。男らしい肉体の典型のようなアントニオが戦う姿に惹かれる自分を恥ずかしく感じた。でも、そんなふうに感じる必要はないと思いたい。それはいけないことかしら？

リング上の二人は互いの周囲をまわっていたが、アントニオが不意に攻撃を仕掛けた。一瞬の複雑な動きは、流れるように優美でありながら致命的に強力だ。ケイトリンは息をのみ、うっとりと見つめた。アントニオがリングに戻るのに手を貸したことで、思いがけず彼の魂のかけらに触れた気がする。

ロドリゴは防御もできず、マットに倒れた。

暴力をまのあたりにしたのに、目に留まったのはアントニオの華麗な技だけだなんて、私はどうかしてしまったらしい。

観衆がざわめき、ロドリゴは首を振って立ちあがると顎をさすった。「まぐれ当たりだな、ボス」

そうは見えなかった。アントニオのほうが優れているのは素人目にも明らかだ。その後、ロドリゴも何発かパンチを命中させたものの、ほんの数分で荒い息をついて試合終了を宣言した。

観衆は徐々に解散していったが、多くが立ち止ってアントニオに〝おかえりなさい〟と声をかけ、彼の肩を叩《たた》いて健闘をたたえた。

ケイトリンは邪魔にならないよう片隅に控えていた。試合を見た興奮と動揺がまだ収まらない。だから誰も彼女に注意を払わないのがありがたかった。今日〈ファルコ〉に来て、今まで知らなかった自分の新たな一面を知った。でもそれは、我ながら理解できない、どう扱えばいいかわからない一面だった。

シャワーを浴びて着替えたアントニオが戻ってきた。鋭い目が人込みを見渡し、ケイトリンをぴたりととらえた。御しがたい野生の何かが宿る暗い瞳に、彼女は身震いした。私がどこにいて、戦う彼を見て何を感じたか、まるでちゃんと知っているみたい。

頬が紅潮したが、幸い離れているので赤面に気づかれずにすむだろう。そう思ったのもつかの間、アントニオは大股でまっすぐ歩み寄ってきた。着替えても、あの白いシャツに隠れたたくましい体を知っているから強烈な魅力は変わらない。二人の間を情熱が行き交い、彼の視線がケイトリンの唇に落ちた。そこにキスしようと考えているかのように。

じっと見つめられて唇がうずいた。ばかばかしい。何かの魔法にかかって、想像力が暴走しているに違いないわ。

「そろそろ家へ帰りたい。一日には十分すぎる経験をした」アントニオがつぶやき、魔法は解けた。

「もちろん」ケイトリンはなんとか応じた。

やれやれ。これからアントニオと二人で狭い車内に閉じこめられ、男らしい香りに圧倒され、彼がどんなにセクシーでも二人の間には厄介な問題が山積みだと改めて思い知らされつつ運転するのかしら。

そして、予想どおりになった。ケイトリンはハンドルを握りしめ、大通りへ出た。アントニオは過去の自分の世界に浸りきって黙りこくったままだ。彼は選手時代の記憶を取り戻したのだろうか？　再びリングに上がり、何を感じただろう？　ケイトリンはきいてみたくてたまらなかった。彼は長年試合には出ていなかったし、選手時代の仲間とつき合うことすらヴァネッサに禁じられていたはずだ。姉は夫がまた負傷するのを恐れたのだ。

アントニオがリングに戻れるよう私が手を貸したのは、それが姉なら決してしなかったことだからなの？　ヴァネッサより私のほうが彼にふさわしいとわかってもらいたくて、亡き姉に張り合うような醜いまねをしたの？

結局、車内の重苦しい静寂を破る話題を思いつけず、ケイトリンは家まで黙って運転した。

家に着くと、それ以上沈黙に耐えられなくなって無難な話題を振った。「頭痛は治まった？」

アントニオはキッチンに入り、グラスに注《つ》いだ水を飲みほしてから答えた。「まだ痛い」

ケイトリンは思いきって彼に近づき、カウンターに寄りかかって腕組みした。「なぜ鎮痛剤をのんで休まないの？」

「僕は死を待つだけの九十歳の年寄りではないからさ」アントニオはぴしゃりと切り返し、顔をしかめた。「すまない。噛みつくつもりはなかった」

彼の眉間のしわが心配だ。ケイトリンは車中で話を聞いてあげなかった自分を責めた。私も動揺していたことは言い訳にならない。「気にしないで。あなたにとって大変な一日だったんですもの」

アントニオに半ば伏せたまぶたの下からすがりつくような目で見つめられて、ケイトリンは心の奥底の何かが揺さぶられるのを感じた。リング上でもキッチンでも、場所は関係ない。彼が発散する野生のエネルギーに、私は反応せずにいられない。それは恐ろしいと同時にわくわくする刺激的な体験だ。

目の前のアントニオから感じるのは、長年私が心に抱いてきた安全でおぼろげな愛の幻影ではない。それなら理解できる。でも今二人の間にある生々しくすさまじい引力は理解できない。

「大変な一日？　なぜそう思うんだい？」

「ええっと……今日、社員たちの前でリングに上がるのは楽ではなかったはずよ。リングで試合をするのは、すごく久しぶりだったでしょう？」

「いいや。二、三週間ぶりかな。インドネシアでは、ここ何カ月か毎日六時間トレーニングしていた。リハビリの一環だったんだ」

「まあ、それは知らなかったわ」彼が話す理由はないでしょう？　私は親友ではないのだ。それでも秘密を話せる相手と見なしてほしかった。この複雑な世界で、いつもそばにいる、頼れる相手だと思ってほしかった。

「わざわざ話すほどのことではなかったからね」アントニオの唇にかすかな笑みが浮かび、ケイトリンはそこから目を離せなくなった。「インドネシアでは、どうにか生きていくだけで精いっぱいだった。戦うのは、今も昔もそうする必要があるからだよ」

胸の奥を打ち明けられて、リングで戦う彼を見たときと同じくらい心が揺さぶられた。もっと話してほしかったが、彼をもっと知ったらどうなるか考えると怖い。「リングで戦うのは、苛立《いらだ》ちをぶつける相手が必要だからだと言っていたわよね？　今日は苛立ちを解消できた？」

「少しは。だが、もっと腕の立つ相手と戦いたい」

「ええ。素人の私でさえ、ロドリゴではあなたの相手にならないとわかったわ」

アントニオの顔いっぱいに本物の笑みが広がり、親密な空気が二人を包みこんだ。ケイトリンは甘い空気に酔いしれた。

そのとき、ブリジットが慌ただしくキッチンに現れて二人のムードをぶち壊した。「あら、お帰りだったんですね。よかった。夕食の前に、三つ子と遊びたいでしょう？」

ケイトリンはアントニオから視線を引きはがし、オペアを見た。「え、ええ。もちろん」いつもなら、夕食前は必ず三つ子と過ごす。その間に、料理人のフランチェスコがブリジットと一緒に離乳食を用意してくれるのだ。今日はなぜ時間に気づかなかったのだろう？　アントニオがいたからだわ。

「赤ちゃんたちがベビーベッドの中でお待ちかねですよ」ブリジットは明るく言って、すでにつぶした果物と野菜のボウルを冷蔵庫から取り出した。

「あなたも来て」ケイトリンは何げなくアントニオの腕をつかんだが、その熱さで手のひらがちりちりして手を引っこめた。「きっと楽しいわ」楽しいし、そばにいてもらう口実になる。でも彼の頭痛を思い出した。「嫌ならいいのよ。父親役を強要するつもりはないから」

「嫌なもんか」意外にも、アントニオは子供部屋まてついてきた。レオンがふらつく脚で立ち、ぽっちゃりした手でベビーベッドの柵をつかんで哀れっぽい声をあげた。アナベルはベッドの中に座り、柵を叩いている。アントニオ・ジュニアは仰向けに寝て、ベッドの上のモビールを眺めていた。

「ほら、見て」ケイトリンは三つ子の父親にささやきかけた。「それぞれの性格がよく出ているわ。レオンは何かを強制されるのが嫌いで、遠慮なく不満を表明するタイプなの。きっと最初にベッドの柵を乗り越えるわ。そうなったら大変よ」

「どうして?」アントニオはレオンを見てから、その息子を抱きあげたケイトリンに目を向けた。

「手に負えなくなるから。私たちが寝ている間にベビーベッドを抜け出し、どんないたずらをすることやら。ねえ、あなたも抱いてみる?」

「もちろん」アントニオはきっぱり答えたが、息子を受け取ると不安げに眉をひそめた。「何かしなきゃいけないのか?」

「いいえ。ただ赤ちゃんが安心できるように抱けばいいの」そう言いつつケイトリンは思わず笑った。レオンが不審そうに新入りの父親を見あげたのだ。

幸い、二秒後には小さな拳を振りまわしてくれた。ご機嫌になった印だ。アントニオは息子の顔をさも愛《いと》おしげにのぞきこんでいる。ケイトリンは胸を打たれ、あきれたことに感動の涙が頬を伝いかけた。彼女は慌ててレオンと父親に背を向け、アントニオ・ジュニアの様子を確かめた。父と子の触れ合いが、なぜこれほど大切で感動的に思えるの?

理由がありすぎて、ひとことでは答えられない。でも何よりもまず、アントニオの抱いている子が私の子でもあるからだ。私もアントニオと一緒にあの子を作ったから。確かに子供誕生の経緯は異例だけれど、だからといって触れ合う父と子を見たときの感動が薄れるわけではない。

次に、目の前の愛情あふれるアントニオと、リング上の獰猛な戦士の鮮やかな対比がある。そのギャップと二面性が、彼をさらに魅惑的に見せるのだ。

アントニオ・ジュニアは、二人がここへ来てから物音一つたてていない。ケイトリンは心配になって、息をしているか確かめた。ジュニアはいつもおとなしくて、この世の重荷をすべて背負っているかのように深刻な顔をしている。その意味では明らかに父親似だ。そして要求が多く手間のかかるレオンはヴァネッサ似だ。

「私のまじめな坊や」ケイトリンが優しく歌うようにささやいてジュニアの黒く細い髪を指ですくと、赤ん坊はモビールから彼女へ視線を移した。

ケイトリンは自分の息子の愛らしさに息をのんだ。黒い髪と黒い瞳。やはり父親似だ。

「その子はまじめなのか？」アントニオが興味をそそられたように尋ねた。

「ええ、とても。それにおとなしいの。一方、アナベルは音をたてるのが好きよ。何かで音をたてることさえできれば、喜んでいつまでもベビーベッドの中に座っていると思うわ。一番のお気に入りは、何かを強く叩いては出た音を口まねすることね。実際、延々とそれを練習し続けるの」

「練習熱心は結構なことだ」アントニオが小声で言った。背後で静かな息遣いが聞こえる前から、ケイトリンは彼がすぐ後ろに来ていることに気づいていた。アントニオは彼女の肩越しにアナベルのベッドをのぞきこんだ。「やあ、スウィートハート」

アナベルはのけぞって父親を見あげると、にっこり笑った。「があ！」

「今のはガラガラを叩いた音をまねたつもりかな？だとしたら、もっと練習しないと」彼は笑った。

「いいえ、今のはアナベルの〝こんにちは〟よ」赤ん坊の発する奇声を説明しているだけなのに、なんだか感情がこみあげて喉が詰まりそうだ。ケイトリンは、そんな自分の感傷を愚かだと思った。でもアントニオは、遠い異国で独りぼっちで消息不明になっていたから三つ子のことを何一つ知らないのだ。その間、私は彼の家に住み、彼の子供たちの世話をし、彼のお金を使っていた。だから、できる限りの埋め合わせをしたい。

「さあ、いらっしゃい。かわいいお嬢さん」ケイトリンはアナベルをベッドから抱きあげ、あらかじめ床に広げておいたピンクの毛布の上に座らせた。

「女の子にピンクを選ぶなんて陳腐だとわかっているけれど、男の子二人に囲まれたアナベルには何か女の子らしいものが必要だと思ったの」

「弁解しなくていい」アントニオは毛布にかがみこみ、レオンを妹の横に座らせた。「この僕が、君の選択にけちをつけるなんてありえないよ。もし意見が食い違ったとしても、僕の意見を押しつけるのではなく、よく話し合って決めたい。これまで君は最善を尽くしてくれた。一人で三つ子を育てるのは楽ではなかったはずだ」

「ええ、大変だったわ」止める間もなく、涙が一粒頬を伝った。「親が私一人きりだと子供たちにとって十分じゃないのでは、と毎日不安だった」

「君は立派にやってきた。十分以上だ。見てごらん。三人とも健康で、幸せで、完璧に育っている。今以上の何を与えることができたというんだ？」

「父親を」ケイトリンはそっと答えた。「両親がそろった家庭を与えたかったの」そしてなぜか運命は思いがけない形でその願いを叶《かな》えてくれた。

アントニオの顔を暗い影がよぎった。「とりあえず今は、与えられているじゃないか」

〝とりあえず今は〟？　それは、この家での私の将来を暗に示しているの？

「何が起きようと、私はこれからもずっと三つ子の母親よ」ケイトリンはきっぱりと言い放った。声がかすれさえしなければ、彼女の意図どおり有無を言わせぬ口調に響いたかもしれない。

将来についてアントニオと話す必要があるが、その話題を持ち出すのが怖い。彼が対処すべき問題をこれ以上増やして、余計な負担をかけたくない。それに今がクリスマスだから、そして私が懇願したから、ここに置いてくれているだけなら、下手に将来の話を持ち出すのは藪蛇《やぶへび》かもしれない。

でも私の三つ子のため、欲しいものを勝ち取るため、恐怖を乗り越えて全力で闘わなくては。

「ああ、君は子供たちの母親だ」彼は静かに応じた。

アントニオの意外な返しに、ケイトリンはいっきに拍子抜けした。将来の話はまた別の機会に、今日のさまざまな衝撃から立ち直ってからにしよう、と彼女は思った。

6

アントニオの頭痛は夕食中も続いた。だが実際、いつでも鎮痛剤をのめるとなると、のむ気になれなかった。記憶喪失のせいで過去の大半を失ったのに、薬のせいでもうろうとして現在まで失いたくない。だから薬はのまずに、ケイトリンとブリジットが三つ子を寝かしつけるまで待ち、それからサンルームでケイトリンをつかまえた。

くつろいでいるところを邪魔されても、彼女が気にしないといいが。三つ子や僕の世話をする代わりにケイトリンが何を求めているのか、そろそろ探る時間だ。それと、今後も引き続きこの家で何か役割を担いたいのか。担うなら、どんな役を考えているのか知りたい。

日はとっくに暮れて、ケイトリンは薄暗いスタンドの明かりで本を読んでいた。アントニオは名前を呼ぼうとしたが、言葉が舌先で止まった。こちらに気づく前の、自然体の彼女を堪能したい。繊細で優美なその姿を、彼は無言で見つめた。

ところがケイトリンはたちまち顔を上げた。早くも彼の存在に気づいたらしい。それはアントニオも思い当たる感覚だった。二人の間には明らかに引力が働いている。この引き合う力を彼女も感じているはずだ。その点についても探りたい。そして僕がケイトリンに望んでいる役割も突きとめたい。

「一杯つき合わないか?」アントニオはコルク栓を抜いたワインボトルを掲げた。広いワインセラーでじっくり選んできたカベルネだ。

「いいわね」彼女の白い肌にまた赤みが差した。あのすぐ赤くなるところが好きだ。好きすぎて困るくらいだ。しかし、なぜ赤面するのだろう。その理由を突きとめたいという妙な好奇心がわいた。

ケイトリン・ホープウェルの心を幾重にも覆う殻をはがし、彼女の行動の動機を突きとめる。そう考えるとわくわくする。それが今夜のテーマだ。アントニオは深紅のカベルネを二脚のグラスにつぎ分け、一方をケイトリンに渡した。それから小さな木製サイドテーブルを挟んで、彼女の隣の椅子に座った。

「この家は、ここからの眺めにほれこんで買ったんだ。このサンルームがお気に入りの場所だ」

「私もよ」ケイトリンが静かに相槌《あいづち》を打った。

「そうだと思った。君もよくここにいるからね」心地よい沈黙に包まれて、アントニオはワインを飲んだ。今回ばかりはケイトリンも、沈黙を埋めようと落ち着きなくしゃべりだしたりしなかった。

何も期待せず、記憶喪失も心配せず、ただ眼下の海岸に打ち寄せる波を眺めて座っていると、頭痛も徐々に和らいでいった。

「何か特別な話があって来たの？」ケイトリンがいきなり尋ねた。「おなじみの話題のほかに、という意味よ。ほら、たとえば記憶が戻らないとか、三つ子の父親になるのが難しいとか、それから——」

「ケイトリン」アントニオは彼女のとりとめのないおしゃべりを遮り、二人のグラスを軽く合わせた。

「君とワインを飲みたかっただけだ。僕たちは、君が前に言ったように、いちおう家族だからね。家族らしく振る舞ってもいいだろう」

それでもケイトリンはぴりぴりしたままだ。「いいえ、本物の家族じゃないわ。最初は私を追い出す気満々だったでしょう。クリスマスシーズン中はここにいさせてほしい、と頼みこむまでは。それで、その先はどうするつもりなの、アントニオ？」

やれやれ、率直に話したほうがよさそうだな。心地よい沈黙は、彼女にとっては心地よくなかったらしい。ワインで家族団欒《だんらん》がお気に召さないなら、仲のいい家族を演じる必要はない。

しかし、彼女が僕の心を読めるのは明らかだ。今日、会社ではまぐれ当たりだと思ったが、今もただの家族団欒が目的ではないと見抜かれている。

「先のことは、まだわからない」アントニオは慎重に答えた。「まだ一月になっていないし、考えなければならないことがたくさんある。君は、どうしてほしいんだ？」

ケイトリンはグラスの脚を指の爪が白くなるほど強く握った。「難しい質問ね」

一月一日に銀行口座へ十億ドル電信送金してほしい、と思いきって答えるのは難しいのか？

「では、この質問なら答えられるかな。今日、会社で何度も助けてくれたのはなぜだい？　僕が困っていると、まるで心を読んだみたいに助けてくれた」

「ええっと……だって、あなたが困っているのは一目瞭然だったもの。相手が誰か思い出せなくて不安げなあなたを見るのがつらかったのよ」ケイトリンは眉根を寄せて、探るように彼の顔を見た。青い瞳の奥に、思いがけず生々しい渇望がひらめいた。

彼女の渇望は、互いをもっと深く知りたいと願う僕の切望と同じなのか？　見つめ合ううちに、二人の間の引力が強まっていった。「一目瞭然？」

「いえ、誰の目にも、ではないけど。私にはすぐわかったわ。あなたを……気にかけていたから」

ケイトリンは彼の顔から体へ目を移した。熱い視線を隠そうともしない。純情ぶることなど思いつかないのだろう。スタンドの明かりが彼女の体の線を際立たせているのに気づいて、アントニオの下腹部に炎が揺らめいた。「それほど気にかけてもらったのに、礼も言っていなかったな。僕を助けたら、どんな利益があると思ったんだ？」

「利益？」ケイトリンはいかにも戸惑った様子で首をかしげた。「困難な人生を進むあなたに手を貸しているだけよ。私が必要だと言ったでしょう。だから助けになりたいの」

「どうして？」

「あなたに必要とされるのがうれしいからよ！」彼女はかぶりを振ると、椅子からさっと立ちあがって後ずさった。「これは言わないつもりだったのに」

「ケイトリン」彼女を動揺させてしまった。あの目元や口元が苦悩にゆがんでいるのは僕のせいだ。ついさっき同じ目にひらめいた渇望のほうがずっと好ましい。アントニオも立ちあがり、彼女に近づいた。

ケイトリンはなんとかその場に踏みとどまったが、今にも逃げ出そうと身構えている。

「待ってくれ。今、何を言おうとしたんだ？」

「私にとって、何より大切なのは子供たちだということよ」ケイトリンは目を合わせずに答えた。

いいや、もっとほかに何かある。彼女が言いたくない何か、僕に知られたくない何かがある。

ただ本能に導かれて、アントニオはケイトリンの顎に手をかけ、顔を上向かせて打ちひしがれた表情をじっと見た。「僕にとっても、それは同じだ。だからききたい。僕を助けてくれるのは、多額の礼金が欲しいからか？　あるいは、ほかに何か隠された動機があるのか？」

「あなたにとっても同じですって？」青い瞳に怒りが燃えあがり、ケイトリンは驚くほど真剣な口調でき返した。「母親であるとはどういうことか、私にとってそれがどんな意味を持つか、あなたにわかるの？」もっと驚いたことに、彼女は身を引くどころか彼の手に顎を押しつけて顔を近づけてきた。「レオンとアナベルとアントニオ・ジュニアは私の子なの。あなたの子である以上にね。私のお腹《なか》の中で育ち、生まれたあとも私が育ててきた。もしあの子たちの相続財産を管理する後見人に認定されなかったら、自分の給料で養っていたわ。あなたのお金なんかいらない。これは愛の問題なの」

愛だって？　その一言でサンルームの空気が変わった。互いを意識する濃密な空気が二人の間に重く立ちこめ、怒りと生気に満ちたケイトリンの体が彼のほうへ傾いた。もう逃げ出そうとはしていない。闘おうと身構えているのだ。

アントニオは暗い興奮を覚えた。彼女は自ら歩み寄って僕が差し出すものを受け取ろうとしている。だが受け取ったものをどうする気なんだ？

彼はケイトリンの顎をもう少しだけ上向けた。

「君が愛の何を知っているのか、確かめてみよう」

「十分知っているわ。三つ子を見るたび、愛《いと》おしさがあふれて胸が破裂しそうになる。姉が亡くなったとき、二度と大好きと伝えられないのがつらくて、何日も泣き暮らした。それが愛よ」

確かに、自分の血肉を分けた小さな存在を初めて見たとき、僕も愛おしさに胸を締めつけられた。動機は金ではなく愛だという ケイトリンの話は本当だ。彼女の動機を突きとめるという課題は解決した。

残る課題は、ケイトリンと、僕の手に包まれたこの柔肌をもっと自分のものにすることだけだ。

子供への愛は僕も理解できる。ところが自分が抱いていたはずの妻への愛が思い出せない。「君の三つ子への愛はわかった。だが恋愛はどうなんだ？」

「恋愛経験のない私に愛は語れない、とでも言うつもり？」ケイトリンは彼をにらみつけた。「ある一人の男性に愛していると言ってほしくて、触れてほしくて、キスしてほしくて、息もできなくなる気持ちなら知っているわ。彼の愛を得られないと、心の奥が絶え間なく痛むの。そしていったん得たら、それが永遠に続くことを望むのよ」

二人の間を電流が行き交い、アントニオはわずかな距離を詰めたくてたまらなくなった。彼女が欲しいと言ったすべてを今、この場で与えたかった。

「正解だったかしら？」速まる呼吸で彼女の胸が上下している。「愛は二人が同じだけ求め合い、与え合うものよ。あなたこそ愛の何を知っているの？」

「何も知らない」アントニオはうなるように答えた。

彼女が熱っぽく語った愛が、僕も欲しい。自分もそんなふうに感じることができるか知りたい。だが愛は時間をかけて、共通の体験を積み重ねて、思い出を共有して育つものだ。

そして海に墜落したとき、僕はそのすべてを失った。とはいえ、思い出せない過去にとらわれず、別の誰かと新たな愛を紡ぎ始めるチャンスはある。

今夜のテーマはケイトリンが何を求めているのか探ることだったが、彼女のおかげで自分の欲しいものに気づいた。それは今、すべて僕の手の中にある。だからアントニオはそれを求めた。

ケイトリンを抱き寄せ、唇を重ねたのだ。むさぼるようなキスをすると体に火がついた。彼女の唇も熱く息づき、彼と同じ激しい渇望のままに、さらに深いキスを求めてくる。求められ、与えられ、経験したことのない至福のうちに彼は空へ舞いあがった。

やがて下腹部の高ぶりを感じて、きつく目を閉じた。この高ぶりを静めるには、自分の体も魂も、腕に抱いた女性の中にうずめるしかない。もっと彼女を感じたい。アントニオはケイトリンの口を開かせ、舌を差し入れた。とたんに熱く迎え入れられ、もっと奪ってと請われ、彼女以外のことは何も考えられなくなった。

欲しいものを得ようと、アントニオは彼女をさらに引き寄せた。ケイトリンが肩にしがみつく。柔らかな弧を描く体がシャツ越しに硬く高ぶった体とぴったり重なり、彼の欲望を駆り立てた。

実にもどかしい。二人の間には服がありすぎる。アントニオは無意識に指先でケイトリンの服をまさぐった。彼女の美しい素肌の隅から隅まで触れて、味わいたい。そして白い肌が、いつものようにゴージャスなピンク色に染まるさまを眺めたい。

キスは不意に終わった。ケイトリンはアントニオの抱擁から身を振りほどくと、髪を乱し、胸を波打たせ、澄んだ燃えるような瞳で彼を見つめた。

そして無言で走り去った。

ケイトリンは自分の無分別な振る舞いが恥ずかしくてたまらず、ベッドで体を丸め、今夜は三つ子が目を覚ましませんように、アントニオが私のふしだらな態度を寝室への誘いと誤解しませんようにと祈り続けた。もし彼がドアをノックしたら、開けてしまうか、あるいは閉じこもったまま一生部屋から出ないか、自分でもわからなかった。

私は姉の夫とキスをしたのだ。その罪悪感に打ちのめされた。しかももしまた同じ状況になっても、もう一度キスをする自分を止められないだろう。

今夜のキスは私の根底を揺るがし、アントニオとのキスを夢見たころの無邪気で無害な空想を打ち砕いた。空想と現実の隔たりはあまりに大きく、自分があれほど生々しい渇望を感じるとは思いもよらなかった。そしてアントニオに導かれるまま性の歓《よろこ》びの世界へ足を踏み入れるとは。今までどんな男性とも、その暗い世界へ行ったことはなかったのに。

アントニオのキスで知った歓びも恐ろしいが、それ以上に自分自身が怖かった。彼の腕に抱かれ、あの暗い欲望に屈したら、次はどうなるの？　アントニオにはプロポーズする気があるの？　彼の考えは見当もつかないし、一度キスをしただけの相手に愛や結婚という重大な話をどう切り出せばいいの？

これらの疑問すべてに急いで答えを出す必要がある。新たに知った歓びで頭が混乱し、何も考えられなくなる前に。頭が混乱するのは、前と違うアントニオのせいでもある。以前より荒々しくセクシーで、並外れた彼をどう扱えばいいかわからないのだ。

それに私のほうはずっと前から彼に半ば恋していると認めていたけれど、アントニオからは何も言われたことがない。セックスは非常に大きな問題だ。彼がそれを理解してくれるまでは二度とキスはしない。さもないと、いつも恐れていたように、悲惨な失恋をすることになるだろう。

それでなくても、罪悪感を振り払えずにいるのだ。あの私の根幹を揺るがした熱いキスは、なかったふりをするしかない。

ところが朝までに、それは不可能だと悟った。一晩中、絶えず激しい渇望に苦しめられてわかった。今日はアントニオを外へ連れ出し、彼に誘惑の機会を与えないこと。ケイトリンは朝一番に決意した。

シャワーを浴びたアントニオが朝食コーナーに入

ってくると、ケイトリンの心臓は奇妙なダンスを踊り始めた。彼は罪なほど完璧だ。シンプルなTシャツが広い肩幅を際立たせ、半袖からのぞく筋肉質の腕が……ゆうべあの腕に抱かれ、人生で最も熱いキスを交わしたことを思い出させる。

「おはよう」彼は訳知り顔でケイトリンを見つめた。

「おはよう」ケイトリンは上ずった声で応じた。あの謎めいた黒い瞳は何を言いたいの？　ゆうべのキスの味が忘れられず、もっとキスしたいと？　あるいは私同様、あのキスは忘れるべきだと？

ケイトリンは慌ててアントニオからオートミールへと視線を下げた。彼に目を奪われて頭が働かなくなるまでは、これを食べていたらしい。

「今日は一緒にクリスマスの買い物に行かない？」

「いいね」彼は気安く答えた。「子供たちに何か買うのか？　それとも、赤ん坊にはプレゼントはまだ早いかな？」

「とんでもない。三つ子にとっては初めてのクリスマスよ。プレゼントと派手に飾り立てた箱を山ほど用意するつもり。子供って、箱で遊ぶのが好きでしょう？　おもちゃの入った箱だけでなく、空箱もたくさんツリーの下に並べたら、きっと楽しいわ。もちろん、あなたの帰国前に考えついたことだから、もしも無駄遣いだと思うなら――」

「ケイトリン」

彼女は顔を上げなかった。上げなくてもわかった。とりとめのないおしゃべりをたしなめられたのだと。名前を呼ばれるのは、いつも〝黙れ〟という合図なのだ。アントニオが部屋を横切り、隣に立つ気配がした。ゆうべと同じように顎に手をかけられ、無理やり目をのぞきこまれた。彼の存在感に圧倒されて、目をそらすことも息をすることもできない。そして、例によって頬が紅潮するのがわかった。

「あれこれ考えないで、ただ買い物に行こう。今日は金の話はしない。いいね？」

「あら、そうなの？」ゆうべとはずいぶん風向きが違うようだ。「ゆうべも言ったでしょう。あなたのお金は欲しくないの。あなたを金のなる木のように扱って平気ではいられないわ」

「大丈夫。君を信じている。だから、ここではっきりさせておこう。金は僕が払う。買い物は君がする」ケイトリンが異議を唱えようと口を開くと、彼はにっこり笑ってすばやくつけ加えた。「そして、反論は受けつけない」

「もう私を金目当ての女だとは思っていないということ？」ケイトリンは疑わしげにきいた。

アントニオはうなずいた。「ゆうべは尋問するみたいになってすまなかった。先のことはまだ話し合う必要があるが、今日はもう昨日ほど心配していない。成り行きを見守るつもりだ」

「子供たちを母乳で育てているのは知っているでしょう？」思わず口走ってから、ケイトリンは今度こそ間違いなく顔を赤らめた。

「三人ともかい？」感心なことに、アントニオはそのデリケートな話題に特別な反応は見せなかった。

「ええ、三人とも。そのことで、えこひいきするわけないでしょう？」彼女は顔をしかめた。

なぜか彼は面白がっているようだ。「えこひいきすべきだとは言っていないよ。ちょっと驚いただけさ。大変な仕事に思えるからね。もっとも、そのことに関しては、僕の知識は限られているが」

女性の胸に関しては、彼はたいていの男性より知識が豊富なはずよ。「確かに大変だけど、喜んでやっているわ。でも私が言いたかったのは、授乳は急にやめられないということなの。だからのんびり成り行きを見守るわけにはいかない。私は雇われて子育てをしている従業員ではなく、母親なのよ」

「その点は、僕もはっきりわかってきたところだ」

やっとわかってもらえたのね。それなら、今が交渉するチャンスかもしれない。ケイトリンは一瞬目を閉じて、ずばりと言った。「わかってくれてありがとう。ところで、ゆうべの質問の答えだけど、私はあなたと二人で共同養育をしていきたいの」

「この先、長期にわたってかい？」アントニオは彼女の思いきった答えを冷静に受け止めて尋ねた。この提案はさほど予想外ではなかったらしい。

「一生にわたってよ。私の子供たちですもの。アナベルの高校卒業記念パーティのドレスを買ってあげたいし、三人の大学卒業を見届けたいし、結婚式にも出たい。親として何一つ見逃したくないわ」

アントニオが黙ったままなのが少し不安だったが、やがて彼は一つうなずいた。「どうすればそれが実現できるかわからないが、クリスマス休暇が終わったら具体的に話し合おう。それまでに、いろいろ考える時間はたっぷりある」

ほっと安堵《あんど》の息がもれて、ケイトリンは自分が息を止めていたのだと気づいた。これなら悪くない。私が望んだような快諾ではないが、考えてくれるなら一歩前進だ。「よかった。ありがとう。そう言ってもらえて本当にうれしいわ」

「僕も、君が母親になりたいと言ってくれてうれしい。子供たちには母親が必要だ。あの子たちを十カ月間お腹の中で育てた君こそ、母親にふさわしい」

「だから、ずっとそう言い続けているじゃない」

「朝食をすませるまで少し待ってくれ。それから買い物に行こう」アントニオはちょうど現れたフランチェスコに笑みを向けた。料理人はオートミールの器とコーヒーカップを手に、せかせかと入ってきた。

「運転は私がするわ。頭痛は治ったの？」

「今日はそれほどひどくない。ゆうべ鎮痛剤をのんだからね。君が僕を振り切って走り去ったあと、のまないと眠れなかったんだ」

黒い瞳にはからかっているようなきらめきと、ケイトリンにもよくわかる情熱がほの見える。するとたちまち、お決まりの愚かな紅潮で頬がほてった。

「ごめんなさい。幼稚な振る舞いだったわ」

「そう思うなら、なぜ逃げたんだい?」彼女の答えなど気にかけていないとばかりに、アントニオは無造作にオートミールをすくった。

だがケイトリンは、彼の口元が緊張にこわばるのを見た。そして慎重に、正直に答えた。「あれ以上は耐えられなかったの。この先、たくさんの難問が待ち構えているわ。だから、その解決に専念したい。これ以上……厄介な問題を抱えこまずにね」

すべてを打ち明けたとは言えないが、話した内容に嘘《うそ》はない。

「なるほど、一理あるな」静かに、反論一つせず、アントニオは朝食をすばやく平らげた。

ケイトリンは眉をひそめた。私って、そんなにあっさりあきらめられるほど魅力がないの?

別にかまわないわ。とにかく二度とキスはしない。そのルールを守り通すまでよ。

彼女は立ちあがり、ドアへ向かった。また逃げ出したと思われたくはないけれど、アントニオの態度に困惑し、一人になれる場所へ行きたかった。「もしよければ、三十分後には買い物に行けるわ」

「ケイトリン」

彼女は立ち止まったが振り返らなかった。

「君は君なりの方法で難問の解決に専念すればいい。僕は僕なりの方法で対処するつもりだ」

「それはどういう意味?」嫌な予感がして、ケイトリンは小声で尋ねた。

「また君にキスするつもりだ、という意味さ。厄介な問題とやらは、僕にとってはキスをためらう理由にならない。僕を止めたいなら、別の理由を考えたほうがいいぞ」

7

巨大な人気ショッピングモール〈マリブ・カントリー・マート〉はクリスマスの買い物客で混雑していた。アントニオと距離を取りたいのに、ここへ来たのは間違いだった。ケイトリンはもう四回も人波に押されて彼にぶつかり、もう四回も手が硬い太腿をかすめてしまった。

そのたびに大急ぎで手を引っこめたが、それはむしろ彼を意識していると知らせるようなものだった。

「ほら、〈トイ・クレージー〉があるわ」耳障りなかすれ声で言ってから咳払《せきばら》いして、玩具店を指さす。

その指は、まだ彼の太腿の感触にうずいていた。

「まずはあそこへ行きましょう」

幸いアントニオは彼女の不自然な声については何も言わずに、ただうなずいた。

街灯では救世軍がハンドベルを鳴らしておめでとうと呼びかけている。どの店もクリスマスの装飾が美しく、陽気な気分を盛り立ててくれる。そんな気分を楽しめたらいいのに、とケイトリンは思った。クリスマスも、その愛と奉仕の精神も大好きで、三つ子の初めてのクリスマスを楽しみにしていたのに。

今やアントニオとの関係がなんとも奇妙で不安定で、それが嫌でたまらない。長い間、彼との交際を夢見ていたが、現実は夢とはまるで違った。アントニオ本人が飛行機事故以前と違いすぎるのだ。暗く謎めいて獰猛《どうもう》で、もう穏やかな実業家ではない。

その彼が、また私にキスをするつもりだときっぱり宣言した。いったいどうすればいいの？　厄介な問題を抱えたくないからという以外に、キスをしない理由なんて考えつけないのに。

「お先にどうぞ」アントニオがささやいてケイトリンのあとに続き、二人は騒々しい店内に入った。

フロアいっぱいに飾られた人形と揺り木馬とおもちゃの電車が、それぞれ客の目を引こうと争っている。ケイトリンはカートを押しながら、三つ子にぴったりのおもちゃを探して通路を進んだ。アントニオは朝食の席の言葉どおり、値札を見ないで欲しいものは全部カートにのせるよう言い張った。

店内を見てまわるうちに、彼を異性として意識する緊張感は消えて買い物が楽しくなってきた。普通の両親として意見を交わしながら子供たちへのプレゼントを選ぶ中で、ケイトリンは三つ子の年齢にふさわしくないおもちゃを却下する役を引き受けた。アントニオがいそいそとリモコンで動くミニカーをレオンとアントニオ・ジュニアのために選んだときも、さっそく却下した。まったく、もう！　坊やたちはまだ歩くことさえできないのよ。

やがてカートからおもちゃがあふれるころには、ゆうべのキスを考えれば信じられないくらいアントニオと笑みを交わしていた。「もうこれ以上はのせられないわ」ケイトリンは言った。

「じゃあ、これで終わりだな。もっと欲しければ別のカートを持ってきて買い物を続けてもいいが」

彼女は声をあげて笑った。「いいえ、もう十分よ。むしろ子供たちを甘やかしすぎだと思う」

アントニオはにっこりして、カートをレジへ押していった。買い物の途中で、君には重すぎると荒っぽくカートを取りあげられたのだ。でもケイトリンはその騎士道精神に文句を言えなかった。

会計がすみ、合計金額に驚愕《きょうがく》したショックからようやく立ち直ったとき、ケイトリンは出口の手前で足を止めた。「そうだわ、〈トイズ・フォー・トッツ〉に何か寄付しないと」そして手近にあったバービー人形とGIジョーのフィギュアを選んだ。「これは私のお金で買うわ」

数えきれないほどの買い物袋を抱えて後ろを歩いていたアントニオが、彼女にぶつかりかけた。

「〝トイズ・フォー・トッツ〟ってなんだい？」

それも覚えていないの？　記憶喪失のせいで彼の日常生活がどれほど大変か改めて気づかされて、ケイトリンの胸は痛んだ。

「海兵隊が運営する、恵まれない子供たちにクリスマスプレゼントを届ける慈善事業よ。誰にでも億万長者の父親がいるわけじゃないから。私も毎年何か寄付することにしているの。でも今年は自分の子供たちへのプレゼント選びに夢中になって、愛と奉仕の精神を忘れるところだったわ」

アントニオの顔をいくつもの不可解な表情がよぎった。「ここで待っていてくれ。すぐ戻る」

アントニオは人込みをぬってレジへ取って返し、レジ係の女性に話しかけた。女性は目を丸くして別のスタッフを呼んだ。二人のスタッフは熱心に話し合ってからアントニオに向き直った。アントニオはレジ係の女性に何かを渡し、小さな笑みを浮かべてケイトリンのもとへ戻ってきた。

「すまないが、君は自分の金で父親のいない子供たちにそのおもちゃを買ってやれなくなった」

「いいえ、これは譲れない」ケイトリンは語気鋭く言い返した。「あなたが三つ子へのプレゼントに大枚をはたいても、異議は唱えなかった。でもこれは、私が払うわ」

「払わせたくないと言っているんじゃないよ。ただ、無理なんだ。この店のおもちゃは丸ごと僕が買い占めたからね」

「な、なんですって？」

「今ここにいる客全員に買い物をすませて出ていってもらったあと、残ったおもちゃは僕に売ってくれるよう責任者に頼んだ。だからしばらくここで待たないといけない。スタッフが店を閉め、レジ打ち作業を終え、残ったおもちゃの総額を僕のクレジットカードにつけるまではね」アントニオはひたすらうれしそうに答えた。

「そ、それは……途方もなく気前のいい話ね。なぜそんなことをする気になったの？」

彼は肩をすくめた。「今まで誰かのために何かしたことがないから、かな。思い出したんだ。君と初めて会った日は、乳癌《にゅうがん》患者のための資金集めイベントでピンク色のTシャツを着ていたと。ただしイベントの趣旨に賛同したわけではなく、スポンサーとの契約で出席しただけだった。今や僕は三児の父親だ。だから以前より立派な人間になりたい」

ケイトリンはこみあげる涙を必死でこらえた。

「あなたは、すでに立派な人間だわ」気がつけばアントニオに手を取られ、ぎゅっと握られていた。

「君が、僕のいいところを引き出してくれたんだ」

「だからって、玩具店を丸ごと海兵隊の軍艦に乗せる必要はないけど！」

アントニオが笑い、その声が温かく彼女の内に響き渡った。これが、もしアントニオとつき合っていたら、と寂しい夜に夢見た二人の関係だ。手を取り合い、向かい合って立つ、穏やかな心地いい関係。ゆうべのキスのような暗くて必死で官能的な関係ではなくて。どちらが本物のアントニオなの？

ところが彼の親指が手の甲を滑ると、ケイトリンのみぞおちに熱い興奮が巻き起こった。つまり、どちらも本物のアントニオなのだ。その事実と折り合いをつけるのは簡単ではないが。

「ほかの客が店を出たら、残ったおもちゃは寄付の集荷センターへ送るよう、誰かに手配を頼もう」

いかにも上に立つ者らしい口調で、アントニオが言った。脳のその部分の記憶には問題がないらしい。

困ったことに、ケイトリンは彼のそんな面も魅力的だと感じた。寛大さも、闘争心も、子供たちへの愛も、彼の何もかもが魅力的だ。

帰宅後は一時間かけて三つ子に授乳した。子供たちと触れ合う大切な時間だ。乳離れ後は、絆《きずな》を深めるこの特別なひとときを失って寂しく思うだろう。

授乳が終わり、しばらくブリジットと話した。乳歯が生え始めたレオンがむずかるので、対処法をいろいろ試しているところなのだ。アントニオにも相談したほうがいいかしら？　今まで考えてもみなかったけれど、それこそが共同養育だ。

ケイトリンはアントニオを捜しに行き、一階のジムで見つけた。上半身裸で逆腕立て伏せに励んでいるところだ。肘の曲げ伸ばしで体を上下させるたびに、腕の筋肉が盛りあがる。背筋や腹筋も波打ち、胴体は汗で輝いていた。

これほど見事な体躯《たいく》の男性は、この世に二人といないわ。口がからからに乾いて、アントニオから目が離せない。見つめていると体の芯に火がつき、満たされない渇望で胸がきりきりと痛んだ。彼に気づかれずに盗み見ていると思うと、なぜかますます体が熱くなる。私ったら、いったい何をしているの？

アントニオの肉体にそそられ、十代の少女のようにぼんやり見とれている自分にぞっとして、彼女はうつむいて後ずさった。

「ケイトリン」

呼ばれて顔を上げると、アントニオが立ちあがり、面白がるような目で彼女を見ていた。激しいトレーニングで胸筋が隆起し、そこに彫られたハヤブサ《ファルコン》が、息をするたび、今にも飛び立ちそうだ。

「何か用かな？」彼は眉を上げた。

「ええっと……」ケイトリンは言葉を失い、近づいてくるアントニオをただ大きく目を開いて見つめた。彼から発散される男らしさがケープのように彼女を包み、肌をほてらせる。

「一緒にトレーニングしたいのか?」

彼が近すぎて、体が期待に震える。「ピ、ピラティスならするけど」それがどうしたというの? そもそもここへ来たのは、そんな話をするためじゃないでしょう。ケイトリンはかぶりを振った。

アントニオがすっと手を差し伸べて、頬に落ちかかる一房の髪を指でもてあそんだ。それからその髪を肩の後ろへ払うと、彼の指が喉をかすめた。

「あるいは〝別の理由〟を考えついて、それを披露しに来たのかな?」アントニオは低くささやいた。

「別の理由?」彼の指が肩からウエストへ滑っていく今、頭が真っ白になって何も考えられない。目の前にはたくましい裸の胸がある。そこで翼を広げた猛禽《もうきん》に、ファルコという名の由来のタトゥーに触れたくて、ケイトリンの指先はうずうずした。

「僕を思いとどまらせるために、キスしてはいけない理由を披露するなら今だよ」

ケイトリンは顔を上げて、彼の目をのぞきこんだ。黒い瞳の奥で欲望の嵐が吹き荒れ、官能の炎が揺らめいた。あの炎は私を求めて燃えているんだわ。

私は彼の獲物なのよ。怖くて当たり前なのに、もし今すぐ止めなかったら次に何が起こるのか、知りたくてたまらない。

「り、理由は――」ケイトリンは悲鳴をあげた。ウエストに腕をまわされ、抱き寄せられたのだ。彼女のシャツ越しに胸と胸が触れ合い、すでに火のついた体の芯に温かな湿りけが広がった。

「ケイトリン、拒まないでくれ。黙ってキスさせてくれ」あっという間にアントニオは彼女の顎を持ちあげ、物慣れた動作で唇を重ねた。キスが全身に染みわたり、ケイトリンは暗い欲望に、自身の歓《よろこ》びに、そしてアントニオにおぼれた。

彼はむさぼるように口づけを深め、さらに彼女を抱き寄せて体を密着させた。ケイトリンは彼の熱い肌に手のひらを広げて、心臓の真上――ちょうどファルコンの住む辺りを覆った。

アントニオの舌で繰り返し舌をなであげられて、ケイトリンの喉からくぐもった声がもれた。

体の芯がとろけていく。こんな気持ちにさせられたのは生まれて初めてだ。自分には何かが欠けていて、彼だけがそれを満たしてくれる。だから、どうしても彼が欲しい。もっと、もっと欲しい。何が欲しいのかわからないけれど、自分がまだ知らない歓びを彼に教えてほしい。

止める間もなく、アントニオは彼女のシャツの裾をつかみ、パンツから引き出した。気がつくと彼の指先が素肌を滑り、背筋をたどって上へ向かっていた。えもいわれぬ感触に、ケイトリンは我を忘れた。

大きな手が前へまわって胸を覆い、親指がブラジャーの上から膨らみをなでると、心臓が激しく打ち、それに合わせて体の芯も脈打った。アントニオは彼女の喉へとキスを進め、鎖骨のくぼみに唇をつけた。顎の無精ひげが敏感な肌をこすり、快感を倍増させる。ケイトリンは思わず頭をのけぞらせた。

一方彼の親指はブラジャーにもぐりこみ、胸の頂を愛撫《あいぶ》している。危険な情欲が彼女の全身を貫いた。

「アントニオ」ケイトリンはかすれ声で呼び、なんとか彼の手首をつかんで胸から引き離した。「行きすぎよ。耐えられない。私は――」

そこで口を閉じ、残りの言葉はのみこんだ。これではまるで未経験のバージンそのものだ。ケイトリンは硬い胸板から手を放し、彼の抱擁から身を振りほどいた。

「今回は逃げないでくれ」アントニオは静かに言った。「キスを楽しんでいたのに、なぜいつも僕を止めるんだ？」

君と歓びを交わしたいのに、

「私と……」その先は声に出せなかった。彼は私と寝たいのだ。当然でしょう。私がその気にさせたのだから。みだらな妖婦さながらに、今すぐ服を脱ぎ、ジムの床で事に及ぶ気満々に振る舞ったのだから。

悪いのは私だ。アントニオのような女性の夢を体現する男性をどう扱えばいいのか、私には見当もつかない。彼のような男性は、惹《ひ》かれ合う男女がセックスへ進むのは当然だと考えている。

「私は違うからよ。遊びで誰とでもベッドへ行くような人間じゃないの」ケイトリンは毅然《きぜん》と答えた。

アントニオの顔に危険な影がひらめいた。「僕は〝誰とでも〟の中の一人ではない。そんなふうに扱われるのは心外だ。君の答えは僕たち二人の間に起きている特別な何かを汚しているし、君の本心ではない。本当は僕と親密になるのが怖いんだろう」

彼は腹を立て、私に失望している。そう思うとケイトリンの胸は痛んだ。それに私の虚勢の下に潜む不安を見抜いている。彼は私がキスをためらう理由を私以上に理解しているのだ。「そうよ、怖いから距離を置きたいの」彼女はつぶやいた。

それからジムを出ていったが、幸い引きとめられなかった。この混乱した頭を整理する必要がある。アントニオは私を抱いて捨てるような男性ではない。誠意の塊なのだ。それもまた、彼の大きな魅力だ。

ただし今の私は、彼の肉体的な魅力により強く惹かれている。なぜかアントニオは私の中の自分でも知らなかった面を引き出したのだ。獰猛でセクシーな彼に惹かれ、彼に触れられる歓びをもっと追求したいと願い、何よりも大切にしていたはずの心の結びつきを無視する、ふしだらな一面を。

ケイトリンは自分のそんな面が怖かった。ヴァネッサのようにはなりたくない。それなのに、姉がアントニオと結んでいた親密な関係にあこがれている。この矛盾をどう解決すればいいかわからない。

アントニオは彼自身を銀の皿にのせて差し出してくれたのだ。まさか自分がその皿を受け取るかどうか悩むなんて、夢にも思わなかった。

アントニオはケイトリンと距離を置くことにした。そうしたくはなかったが、彼女とつき合うには繊細さと慎重さが必要だ。どちらも得意分野ではないが、欲しいものを手に入れるためなら学ぶつもりだ。

夜は長く、寂しく、落ち着かなかった。巨大な四柱式ベッドは五人くらい寝られそうだが、隣にいてほしいのは一人だけだ。たぶん以前はヴァネッサが隣にいたのだろうが、そのことはまったく思い出せない。ありありと目に浮かぶのは、僕を二度も動揺させた濃い茶色の髪の美人だ。

最初のキスで圧倒され、二度目のキスで完全に打ちのめされた。思い出せない過去の結婚にとらわれず前へ進むために始めた試みは、想像よりはるかに興味深い展開を見せた。ケイトリンにキスしたとき、彼女の根底の何かが僕の中にもぐりこみ、離れなくなったのだ。それは楽しく、刺激的な経験だった。

だからもっと、もっと経験したい。アントニオは落ち着かず何度も寝返りを打った。しかし柔らかすぎるマットレスと高ぶりかけた体のせいで、寝心地の悪さは増すばかりだった。

翌朝、アントニオは大型車を購入し、〈ファルコ〉への行き帰りのために専属の運転手を雇った。時折不意に襲ってくる頭痛や戻らない記憶を考えると、自分で運転するのは不安だった。彼の脳には思い出してもいい記憶のリストがあるらしく、〈ファルコ〉はそのリストに載っていないようだ。

常に抱えている不満のはけ口は試合で戦うことだけで、その機会は限られている。

〈ファルコ〉に着くと、まずは有能な私立探偵を雇う手配をした。事故機の乗客で今も消息不明の二人を捜すためだ。もしもどこかで生きているなら、元の人生に戻れるよう手を貸したかった。

午後は、最高経営責任者《CEO》代理だったトマスと二人で、法的な問題の解決に費やした。だが特に難しい部分に取り組むうちに、アントニオは頭が破裂しそうになった。このデスクワークが、自分の現在の仕事であり、現役引退後の第二の人生なのだ。

しかし、こんな仕事はしたくなかった。

正直、リングに戻りたくてたまらない。以前はこのデスクの後ろに座り、自分の帝国を管理することで大きな満足を得ていたのだろうが。

アントニオは背もたれの高い椅子をくるりとまわして、窓の外を眺めた。中央に噴水のある美しい中庭が見える。ケイトリンによれば、僕は仕事中毒で週に八十時間働くこともよくあったそうだ。きっとここからの景色をしょっちゅう見ていただろう。

「トマス、僕はどうすればリングに戻れる？」水を噴きあげる噴水を見つめたまま、彼はきいた。

「また戦いたいんですか？」感心したことに、トマスは驚きを声に出さなかった。「チャンピオンをめざすプロ選手として、でしょうか？ それとも非公式戦に出るだけですか？」

アントニオは思わず口をゆがめた。「タイトル獲得をめざさないなら戦う価値がない」

だが僕が戦うのには根本的な理由がある。そもそも戦うように生まれついているのだ。記憶を失っても、その本質は変わらない。

トマスが咳払いした。「まあ、先日の試合を見れば、戦えるコンディションなのは確かでしょう。しかし理由があって選手をおやめになったのに。何が変わったんです？」

「僕が変わったんだ。希望が実現するよう手配してくれ」

トマスが部屋を出ていくと、アントニオはじっとしていられず、隣のビルのジムへ向かった。数人が挨拶をしてきたが、誰にも見覚えがない。ケイトリンが距離を置きたいと言わなければ、今日も一緒に来てもらったのだが。

リング上で、あるいはパンチバッグ相手にトレーニングする選手たちに、何人かのトレーナーがついていた。ここには明確な目的意識が漂っている。

〈ファルコ〉はアントニオの総合格闘技《MMA》への愛から生まれた。そして彼はCEOのオフィスよりここにいるほうが、ずっとくつろいだ気分になれた。

二人のヘビー級の選手が円形のリングで戦っていた。リングが丸いので、ボクシングの試合でよくあるように、一方の選手が他方を逃げ場のないコーナーへ追いつめることができない。中年のトレーナーが選手たちの動きに合わせてやすやすと優雅に動きながら、二人を注意深く見守っている。元選手に違いない。アントニオはそのトレーナーの指導法がたちまち気に入った。

　実際にこの場所を設計した記憶はなくても、自分が設備や用具の購入や維持に出費を惜しまなかったのはよくわかる。さらには国際的レベルの選手やトレーナーを惹きつける努力も惜しまなかった。だから僕がインドネシアにいた間も、一流の施設と人材のおかげでここが持続できたのだ。

　ここに集う誰もが技術を磨き、優秀な選手になり、勝つことを目的としている。自分も同じだ。リングの上では誰もがルールに従い、決まった流れに沿って動く。規律と反復の世界は僕を落ち着かせ、一息つかせてくれる。

「誰か僕と一戦交えないか？」アントニオは叫んだ。

「ああ、いいね。ご老体がその気なら」

　アントニオはゆっくり振り返って、トマスの腹心の一人と向き合った。若者の顔は濃い灰色のスウェットシャツのフードに半ば隠れていたが、薄ら笑いを浮かべているのは明らかだ。

　この若者は僕を嫌っている。醜い戦いになるだろう。大いに結構、とアントニオは思った。インドネシアでラヴィと戦って以来、こういう機会を待ち望んでいた。ロドリゴはまるで相手にならなかったし、以前は友人だったと聞いたので、つい手加減してしまい、不満足な試合だった。

今回は、いっさい手加減の必要がない。

アントニオは相手を上から下まで一瞥《いちべつ》し、鼻で笑った。「君の動きが、その生意気な口ほどにものを言ってくれればいいが」

「それを確かめる方法は一つだけだな」

「君はなんと呼ばれているんだい？」本名は意味がないが、選手の愛称は当人の戦い方や考え方のヒントになることが多い。

「切り裂き野郎《カッター》さ。対戦相手はおれのパンチを浴びて、顔中切り傷だらけでリングを去る」

あるいは、愛称から選手の弱点がわかることもある。カッターは傲慢で自信過剰で、伝説のファルコを倒して自分の力量を示したいと躍起になっている。

もちろん、アントニオはそのすべてをカッターに〝ご老体〟と呼ばれた瞬間に見抜いていた。そしてこの若造は、選手の技量は年齢とともに上がることを間もなく思い知らされるのだ。

数分後、アントニオとカッターはユニフォームに着替え、リングに上がって身構えた。だぶだぶのスウェットを脱いだカッターの体は、筋肉質だが大きくはない。金髪を短く刈りあげ、胴体と上腕にヴァイキングふうのタトゥーを入れ、顔に残忍な冷笑を張りつけた姿は、同じライト級の同年代の選手と似たり寄ったりだ。たぶん本人は、そのことが腹立たしくて、自分は特別だと証明したいのだろう。

「カッターがフェイントをかけて体勢を低くした。アマチュアのやり口だ。アントニオは少し離れ、回転して相手の不意を突き、横から腰に蹴りを入れた。

カッターが続けざまに反撃してきて、アントニオはひたすらそれをかわし続けた。身をかがめ、回転し、フェイントをかける。規則的な動きが心地よくなり、頭の中がからっぽになった。

ほんの一瞬の相手の隙を見て、アントニオはすばやく攻撃を仕掛けた。カッターはライト級なので、アントニオのほうが一、二キロ重い。その体重差を利用して、相手を容赦なくフェンスに追いつめ、口にパンチをお見舞いした。

カッターは驚くべき力を発揮して反撃してきた。怒りで表情がゆがみ、パンチに重みが増している。アントニオがブロックする間もなく、まぐれ当たりのパンチがこめかみを直撃した。

アントニオの頭に激痛が走り、視界がぼやけた。ヴァネッサの赤毛が脳裏にひらめき、妻とのさまざまな場面が次々に浮かんだ。大声で言い争う二人。話したり、笑ったりしているヴァネッサ。服を脱いだ彼女の素肌に手を置き、唇にキスをする自分。

その記憶には何かしっくりこない、おかしなところがあった。僕は――。

だが考えている暇はない。

アントニオはやみくもに回転して相手から離れ、戦う力を取り戻すや否や攻勢に出た。アッパーカット。ダブルキック。容赦はしない。

すぐに勝負はついた。アントニオは右目に滴り落ちる血をぬぐった。カッターはマットに崩れ落ちてうめいている。

アドレナリンが体内を駆けめぐり、頭の中には妻の思い出があふれた。血の金属臭が鼻をつき、アントニオはさらなる戦いを渇望した。

「ほかに誰か、僕と一戦交えたいやつはいないか？」彼は叫んだ。

誰も名乗りをあげなかった。

8

アントニオはこっそり家へ入り、ケイトリンに見つかる前に自分の寝室に閉じこもった。眉の上の切り傷は致命傷ではないが醜い。しかも相変わらずアドレナリンが全身を駆けめぐっている僕は、話し相手に向かない。

熱いシャワーを長々と浴びて緊張がほぐれると、何かを繰り返し殴りたいというさもしい衝動がぶり返した。いったん解き放たれた衝動は抑えこむのが難しかった。だがリングに住むことはできない。戦いたいという衝動と日常生活のバランスをうまくとる必要がある。それができなければ父親失格だ。こんな自分は子供たちに見せられない。

ぬれた髪をタオルで拭きながら浴室から出たとき、誰かがドアをノックした。礼儀として下半身にタオルを巻いてから、アントニオはドアを開けた。

「ハーイ」ケイトリンの視線は彼のむき出しの上半身をさまよい、しばらくそこにとどまってから慌てて顔に戻った。頬がピンク色に染まっている。

あのピンク色の頬が好きだ。すでにアドレナリンの嵐が吹き荒れていたアントニオの体の奥で、花火が炸裂した。脚のつけ根が高ぶり、まったく別の一対一の戦いに向けて準備が整った。距離を置きたいという女性が相手では、いい対戦とは思えないが。

とはいうものの、彼女は僕を求めて寝室へ来た女性でもあるのだ。もう十分距離を置いて、気がすんだのかもしれない。

ケイトリンは彼の顔をじっと見て眉をひそめた。

「どうしたの？　血が出ているわ」

「何かにぶつけた」彼女が鋭く目を細めたので、

ントニオは肩をすくめた。「その何かというのは、相手の拳だ。午後〈ファルコ〉へ行った」

「消毒はした？　絆創膏《ばんそうこう》を張る？」

彼は笑みをこらえた。「プライドのある格闘家は顔に絆創膏を張って歩きまわったりしない。気遣いはありがたいが、別に痛くないしね」

痛くないのは、体がまだ試合後の興奮状態で切り傷の痛みなど感じないからだ。それよりも、ケイトリンがそばにいるせいで別の部分が痛む。彼女こそが、この痛みを癒す薬なのだ。

「どうぞ、入って」アントニオは低いかすれ声でささやき、ドアをさらに広く開けた。

ケイトリンは目を丸くしてかぶりを振った。「それはいい考えじゃないと思うわ」

いいや、最高にいい考えだ。彼女もそう思っているに違いない。さもなければ、僕の寝室のドアを叩《たた》いたりしなかっただろう。「それなら、なぜここにいるんだい、ケイトリン？」

彼女は困惑したように唇を噛《か》み、目をそらして咳払《せきばら》いした。「ええっと、話があって来たの。あなたが……服を着ていないとは思わなかったのよ」

「思わなかった？」アントニオは首をかしげた。「シャワーを浴びるときは誰だって服を着ていないだろう。ほら、こんなふうに」彼はタオルに手を伸ばした。これを取り去ったら、何が起きるだろう？

「やめて！」ケイトリンはきつく目を閉じた。「あなたの言いたいことはよくわかったわ。寝室を訪ねるべきじゃなかった。特に〈ファルコ〉から帰ってきたばかりのときに。でも会社へ行っていたとは知らなかったの。ただ、夕食に下りてこなかったから心配になって。それに……とにかく、来たのは間違いだったわ」彼女はくるりと背を向けた。

またしても逃げようとしている。アントニオはその腕をつかんだ。「ケイトリン、逃げるのはやめろ」

僕は本能的に痛いほど彼女を求めている。感情面はよく理解できないが、この欲望は一方通行ではないと感じる。二人とも逃げずに、この状況に真正面から向かい合うべきだ。

彼は難なくケイトリンを向き直らせ、目と目を合わせた。青い瞳を困惑と、別の何かがよぎった。

「部屋に入ってくれ」アントニオは必死で頼んだ。僕はただ自分が理解できない何かを知りたいだけだ。そしてそれを教えられるのはケイトリンだけ。僕が求める女性は彼女だけなのだから。

「入れないわ。だって……怖いんですもの」

とたんにアントニオはつかんでいた彼女の腕を放し、まだひりひり痛む拳を握っては開いた。カッターの顔を殴った拳だ。僕は人に危害を加えることしか頭にない。ケイトリンはそれを見抜いている。

彼女が距離を置きたがるのは、僕の中のファルコが怖いからだ。怖くて当然だ。先日は無理やり僕が戦うところを見せられ、今日は僕の身勝手な欲望のために部屋へ連れこまれそうになっているのだから。

ところが腕を放しても、ケイトリンは去らなかった。去って当然なのに。彼女には、もっと穏やかで優しい男がふさわしいのに。

「君を傷つけたりしないよ。何かされそうだ、と君に思われるのは我慢できない」

ケイトリンは目を丸くして、さっと彼を見あげた。

「あなたが怖いんじゃないわ」そしてごくりとつばをのんだ。「そうじゃないの。私は……」

僕が怖いわけではないなら、何が怖いんだ？　なぜそれを口に出すのがそんなに難しいんだ？

「では、教えてくれ。僕にこうされたら、どう思う？」アントニオは華奢《きやしや》な手を取り、引っ張って敷居をまたがせようとした。ケイトリンは拒みはしなかったが、自分から前へ進もうともしなかった。

次に彼は、つかんだ手を自分の胸の、激しく打つ心臓の上にぴったり押しあてた。彼女の手のひらをじかに感じて絨毯《じゅうたん》にくずおれそうになったが、なんとか脚を踏ん張った。冷静さを保てれば、楽園はすぐそこにある予感がする。

ケイトリンは彼の胸に広げた自分の手を黙って見つめた。それからささやいた。「花崗岩《かこうがん》のように硬いのね。でもその下には、すばらしいものが潜んでいる。これが、私の思っていることよ」

「何が潜んでいるって？」

「あなた――アントニオが」

「君が言うと、僕の名前はまるで短い詩のようだ」ただのありふれた名前だが、記憶を失った僕がずっと捜し求めていた名前だ。それが彼女の唇からこぼれると……ぞくぞくするほど魅惑的に響く。

僕はアントニオだ。しかしアントニオではない。アントニオという人間を構成する要素のすべてを、いまだに思い出せていない。

「あなたの何もかもが詩のようだわ」ケイトリンは小声でつぶやいて息を吸った。「歩く姿も、三つ子を抱く様子も、リングの上で戦う姿も。目が離せなかった。とても……すてきだった」

「戦う僕の姿が気に入った？」そんなばかな。でも彼女のうっとりした笑みを見て、本心だとわかった。

「まさか気に入ると思わなかったけれど、見たらすばらしかった」ケイトリンがため息をもらすと、切なげな息遣いが彼の下腹部をこわばらせた。「全身が調和したなめらかな動きが、まるで完璧な歌詞のようだったわ。一度聴いたら心にすっと忍びこみ、二度と忘れられなくなる歌詞みたい……」

夢見心地のケイトリンを見つめるうちに、アントニオの呼吸はどんどん速まった。彼女の表情の意味が、ようやく理解できた。それは驚くべき、喜ばしい発見だった。太陽が地平線からまぶしい光を放って一日の始まりを宣言するように、突然すべてが明らかになったのだ。「僕のことが好きなんだね」

ケイトリンはゆっくりまばたきして唇を噛み、うなずいた。「ええ。好きになるまいとしたわ。でもどうしようもなかった」

さまざまな疑問がわきあがったが、彼は一番重要な問いを口にした。「それなら、なぜ逃げるんだ？　僕たちの間に起きていることをなぜ怖がる？」

「私は……」ケイトリンは目をそらした。

アントニオは彼女の顔を両手で包み、息がかかるほど近くまで顔を寄せた。「なんだい、ケイトリン？　答えてくれ。お願いだ」

「私は……自分が怖いの。理解できないものを欲しがる自分が。おとぎ話では、女の子は紡ぎ棒に触れるなと、リンゴをかじるなと言われても自分を抑えられなかった。その理由がずっとわからなかったの。私は本気で何かを、誰かを欲しいと思ったことがなかったから。あなたに出会うまでは。この気持ちをどうすればいいのかわからないのよ」

「それなら、答えは一つだけだ」アントニオは二人の間のわずかな距離を詰め、一瞬だけ唇を触れ合わせた。あふれそうな情熱の千分の一をこめて。彼女が部屋に入るまでは、情熱を全開にできない。長年の過酷なトレーニングで培った鉄の意志を駆使して身を引くと、彼はケイトリンの反応を見極めようとした。「僕とキスするのは好きかい？」

「ええ、好きよ。困るくらいに」彼女はささやいた。

「それなら、部屋に入ってくれ。先日、君は言ったよね。ある男性に触れてほしくて、キスしてほしくて、息もできなくなる気持ちが愛だと。それを全部してあげるよ。君に触れて、キスをして、愛を与える男になりたいんだ」

もう一度キスしてほしくてたまらないというように、ケイトリンは目を閉じて唇をすぼめた。だがすぐに目を開き、ごくりとつばをのんだ。

「まだ話さなくちゃならないことがあるわ」彼女はアントニオの目を見据えた。「私には、現実の恋人は今まで一人もいなかった」

幸い、アントニオは顔色一つ変えなかった。「君はバージンなのか？」

ケイトリンはうなずいた。

「これで謎が解けたよ。もっと早く打ち明けてくればよかったのに。だから距離を置きたいと言ったんだね。それなのに僕は頼みを聞かなかった」

「いいえ、あなたはとても辛抱強かった。文句のつけようがないわ。問題は私よ。経験がないから不安なの。あなたはこんなにハンサムで、すばらしい男性で、私に期待している。たぶん私がその気にさせたせいで。でも私は……ヴァネッサじゃない――」

「ケイトリン」いつもの〝黙れ〟の合図を聞いて、彼女は口をつぐんだ。「君はヴァネッサより劣っている。僕がそう思うはずだと言いたいのか？」

「ええっと……」明らかに、〝それは違う〟と彼は言いたいらしい。「でも姉には、男性の垂涎《すいぜん》の的になるゴージャスな体と、ベッドで男性を喜ばせるすべがあった。いつも自慢そうに話していたわ。その姉に倣うなんて、私には想像もできない」

「では、僕がそのヴァネッサを思い出せないのは皮肉な話だな」アントニオはちらりとほほ笑んだ。

「全然思い出せないの？」どうしても妻との間に子供が欲しくて、代理母出産に同意するくらいヴァネッサを愛していたのに？

「多少は思い出した」彼の口調は暗く沈んだ。「妻の赤毛や笑い声、顔や体の一部が時折思い浮かぶ。だが彼女に恋した記憶がない。妻はひどく遠い存在で、まるで幻のようだ。君が話していた、好きすぎて息ができなくなる気持ちを感じた記憶がない」

アントニオの沈んだ声を聞いて、ケイトリンは胸が痛んだ。「気の毒に。ヴァネッサの記憶を失ったままとは思わなかったわ。さぞつらいでしょう」

「つらいのは、むしろ僕が前へ進みたいと思っているからだ。思い出せない過去にこだわらず、今を生きたい。新たに見つけた誰かを、息ができなくなるくらい欲しいと思う誰かを愛したい。そして彼女を満たし、僕も満たされたい。ところが、その誰かを腕に抱くことはできないみたいなんだ」アントニオは目を伏せ、まつげの下から彼女を見た。

暗く謎めいた突き刺すような視線を浴びて、ケイトリンは血がふつふつとたぎるのを感じた。「誰かって、私？」彼女はつぶやいた。

すかさず、頬がかっと熱くなった。もちろん、私に決まっている。でも頭がついていけない。アントニオが私を愛したがっているという夢のような話をのみこむので精いっぱいだ。

「ああ、君だ」彼の親指が紅潮した頬をかすめた。「君を、記憶にないヴァネッサとは比べられない。それに比べたくもない。今、僕たちが一緒にいる間、できることをしたい。君が話していたような愛を知りたい。僕に教えてくれ」

「私に何が教えられるというの？　なんの経験もないのに」

アントニオの魅惑的な唇がほれぼれするような笑みを形作った。「僕も過去の経験は何一つ覚えていない。ある意味で、今回は僕たち双方にとって初めての経験だよ」

なぜかケイトリンは、彼のこの言葉にたまらなく心惹《ひ》かれた。アントニオはヴァネッサを覚えていない。そして愛について、セックスについて、男女の関係について、一から学び直したがっている。彼は、まっさらな石板だ。以前書かれていたすべては消し去られた。今回、私はそこに思いつくすべてを好きなように書きこめるのだ。彼の腕の中で思いきり奔放に振る舞い、その体験から永遠に続く美しい心の結びつきを得られるかもしれない。

アントニオは死からよみがえって別の人間になり、私は彼が邪悪な人間に変わったと悩んでいた。記憶喪失にもいい面があるとは思いもよらなかった。

とはいえ、アントニオの体は生まれつき歓《よろこ》びを与え、享受するようにできている。呼吸の仕方を忘れていないように、きっと女性の歓ばせ方も忘れていないだろう。でも私は彼を歓ばせることができない。絶対に無理だ。「本当にこうしたいの？　私と？　ヴァネッサのことは覚えていないかもしれないけど、ほかの女性たちのことは思い出すはずよ」

黙って。自分が次の恋人になろうとしているときに、誰も過去の恋人たちの話を持ち出したりしないわ。

ケイトリンはため息をついた。「ほらね。私ってドジなのよ。全然魅力的じゃない。わかっているわ」

アントニオは二人の間の五、六十センチの距離を見おろした。「このドア口にもう十分は立っていて、そのうち九分五十五秒は、高ぶりすぎた体からタオルが落ちそうな危機に直面している。君のせいでね。だからつまらない心配はやめるんだ。ケイトリン、これ以上待たせないでくれ」彼女が中へ入れるよう、アントニオは脇へどいた。

さあ、いよいよだわ。罪悪感に終止符を打ち、ずっとあこがれてきたものを得るときが来た。人生で最愛の、そしてたぶん唯一無二の人の手によって、ついに成熟した大人の女性になるんだわ。

しかも彼は私から愛を学ぶというのだから、きっと私の思いに進んで応えてくれるはずだ。アントニオはかつてヴァネッサを愛し、結婚した。もう一度そんな結びつきを得たいと切望しているに違いない。私も、そんな結びつきを夢見てきた。

今、夢見たすべてに手が届きかけている。

それでもケイトリンは部屋へ入るのをためらった。

この敷居をまたぎ、アントニオと恋愛関係になり、もしその関係がうまくいかなかったら、失恋した相手と共同で三つ子を養育できるかしら？　姉の夫となった彼を遠くから慕う日々もつらかったが、アントニオのような男性と本当の意味で愛し合い、それから別れたら、どれほどつらいだろう。しかも彼が私を三つ子の母親失格と断じたら、どうするの？

アントニオも含め、今まで誰とも深い関係にならなかったのは、いったん心と体を開いて相手にゆだねたあと、どうなるかが不安だったからだ。

でも、この場から立ち去ることもできない。

アントニオが私の不安を溶かしてくれればいいのに。ケイトリンは厚い胸板に翼を広げるハヤブサ《ファルコン》を見つめた。それから速まる鼓動を静めようと一つ息を吸った。胸の高鳴りは収まらなかったけれど、彼女はアントニオの寝室へ入っていった。

9

背後でドアが閉まり、ケイトリンはその場に凍りついた。

私は男性の寝室に足を踏み入れたのだ。ここを出るときは、もうバージンではない。自分にぴったりの、一生愛したいと思える男性が現れるまではと待ち続け、今、その男性がここにいる……ただ、現実は長年抱いてきた甘い幻想とは違った。本当にこの現実と向き合う覚悟があるの？

なんとこれから服を脱ぎ、帝王切開の傷跡を、三つ子のためのミルクタンクと化した胸を、アントニオの目にさらすことになるのよ。

パニックに陥りかけて、彼女は落ち着こうと深く息を吸い、とたんに激しくむせた。そういえば、今朝はどんな下着を身につけたんだったかしら？

「ケイトリン？」

彼女は慌てて振り返った。アントニオは腕組みしてドアに寄りかかっていた。タオルは危険なくらいずり落ちている。彼女は思わず視線をそらし、また戻した。今から愛を交わすなら、見てもかまわないはずだ。むしろ見ることを求められるかもしれない。前戯の一環として。

「ワインでもどうかな？」彼がさりげなくきいた。

「なんのために？」ケイトリンはつい間抜けな質問をして笑われ、恥ずかしくて顔をしかめた。「あなたの意図がわからないからきいたのよ！　ワインをあなたの体に垂らして私がそれをなめるとか、そういう前戯のためかもしれないでしょう」

アントニオはいたずらっぽい目で彼女を上から下まで一瞥《いちべつ》した。「なめてくれるのかい？」

自分の舌が胸のタトゥーをたどる様子が脳裏に浮かぶ。金色に日焼けした素肌とフルーティな赤ワインが混じり合う味を想像すると、体の奥がきゅっと縮まった。「やっぱりワインはそのためなの？」

彼は肩をすくめた。表情豊かな唇にまだ笑みが漂っている。「それはまた別の機会にしよう」

「別の機会って、あと何回するつもり？」

「あと千回は」その一回一回を思い描くように、彼の顔を熱く暗い欲望の影がよぎった。「たぶん君と、一生をかけて経験していくことになるだろう」

その声には信じられないほどの誠意がこもっていた。ケイトリンはまばたきもせず、ただアントニオを見つめた。彼は本気なのだ。「一生をかけて？」

もちろん、それが私の求め続けた愛だ。でもアントニオの口から聞くと、また格別にすばらしい。

「そう、一生をかけてだ。君は誰とでもベッドへ行くような人ではない。僕も同じだ。だからこれからはずっと君といたい。起きているときも寝ているときも、ベッドの中でも外でもだ。いったい何をそんなに戸惑っているんだい？」

「何もかもよ。この部屋のドアを叩《たた》いて〝ハーイ〟と言ったときから、頭が混乱しきっているの」

「では、こうしよう。まずはワインを飲む。それから君のペースに合わせて、できるだけゆっくり時間をかけて事を進める」

「どうして？」私ったら、なぜきき返してばかりいるの？　彼の言うことは全部正しくてすばらしいのに、そのすべてを台なしにしようとしている。

「ワインは君をリラックスさせるためだ」アントニオは彼女の不作法を気にも留めない様子で説明した。「ゆっくり進めるのも、同じ理由だ。どちらも僕が行きたい場所――君の中へ到達するのを助けてくれる。期待が大きいほど歓《よろこ》びも大きくなる。だからいくら時間がかかってもかまわない。むしろ楽しみだ。まだ夜は長い。丸々一晩かけてもいい」

ケイトリンはあっけにとられて、彼に導かれるまま海岸線を見晴らすリビングエリアへ移動し、二人掛けのソファに座った。どうやらアントニオは相手のどんなへまも失言も平然と受け流せるらしい。よかった。何しろ私は今夜が終わるまでに、あと十回は恥ずかしいへまをしでかすに違いないのだから。

アントニオはミニバーの棚から赤ワインを選び、二脚のグラスに注《つ》いで一方をケイトリンに渡すと、彼女と並んでソファに座った。

なんとも奇妙な状況だ。彼は腰に巻いたタオル以外何も身につけていない。タオルは大きく開いた太腿をかろうじて覆い、その先には引きしまった脚が伸びている。そしてタオルの下には……。

「見たいかい？」アントニオは彼女の視線を追って尋ねた。

ええ、見たくてたまらない。ケイトリンは景気づけにワインをがぶ飲みしてから答えた。「実は、服をすべて脱いだ男性は見たことがないの」

「写真でも？」

「ええ。だから未経験だと言ってるでしょう」

アントニオは彼女の手を取った。黒い瞳に宿る優しい光を見て、ケイトリンの喉元は激しく脈打った。

「よく聞いてくれ。誤解のないように言っておきたい。ほかの誰も君に触れたことがないのは、僕にとって大きな意味がある。初めての相手になれて、とても光栄だ。君はかけがえのない贈り物をくれようとしている。経験不足を謝る必要はないよ」

「あの、ええっと……わかったわ」

アントニオは彼女の手の甲を親指でなでて、いったん手を放した。目と目を合わせたまま、今度は手首の内側に指を滑らせ、腕をなであげていく。次の瞬間、彼は背をかがめて唇を重ねた。

甘美な唇が、約束どおり時間をかけて彼女の唇を探った。じっくりと入念にキスをされて、ケイトリンは骨までとろけた。

「ちょっと待っててくれ」アントニオは立ちあがり、部屋の明かりを消した。ガラス窓から差しこむ月の光が二人掛けのソファを照らし、それ以外は暗闇に沈んだ。

彼がベッドの上掛けと四角い小袋二個を手に戻ってくると、ケイトリンは小袋に興味を引かれ、しげしげと見た。コンドームだ。そう気づくなり、緊張で喉が詰まった。これは現実なんだわ。

アントニオは大きな窓の前に上掛けを広げ、仰向けに横たわってから彼女を手招きした。

でもケイトリンは、月光をまとった彼の姿に目を奪われて身動きできなかった。アントニオは美しく、神秘的で、生身の人間とは思えないほど完璧だ。今はただ、その見事な造形美を存分に味わいたかった。

アントニオは彼女の願いを感じとったらしい。横たわったまま身じろぎもせずに、好きなだけ眺めさせてくれた。

永遠とも思える時間が過ぎて、彼は腰のタオルに両手を伸ばした。「僕のすべてを見たいかい？」

ケイトリンは頭が真っ白になって、ただうなずいた。だが心の準備ができる前にタオルが外され……ああ、彼は本当に完璧だった。どこもかしこも硬く、たくましく、勇壮だ。ジムでキスをしたときに存在を感じた高ぶりが今、目の前にある。まさかこんなふうだなんて、夢にも思わなかった。

むさぼるように見つめずにいられない。アントニオは相変わらず急ぐ様子もなく、ゆっくり見せてくれた。そしてささやいた。「ところで、すぐに君も同じようにしてくれるんだろうね？」

「同じように？」きき返してからぴんときた。「私も服を脱いで窓の前に横たわり、その姿をあなたが眺めるということ？」

彼の顔に狼《おおかみ》を思わせる笑みが広がった。「心の準備ができたら教えてくれ」

「そんなの、永遠に無理よ」

アントニオは寝返りを打ち、ソファの前まで這《は》ってくると、ケイトリンの脚の間にひざまずいた。

「では、僕が準備させてあげるしかないな。月明かりを浴びた君が見たい。君の顔を見つめながら愛を交わしたい。そのためには、まず服を脱いでもらう必要がある」

優しく注意深く、アントニオは彼女の顔を両手で包み、引きおろして唇を合わせた。

今度のキスは、先ほどとはまるで違った。もう二人の間には、タオルも慎みもない。ケイトリンの脚の間にあるのはアントニオそのものだ。彼は焼けるように熱いキスで彼女の唇を奪い、背中に手をまわしてソファの手前まで引き寄せた。体と体が触れ合いそうなほど近い。ケイトリンは彼のぬくもりを求めて、知らず知らず体を弓なりに反《そ》らした。

アントニオの舌が口に滑りこみ、我が物顔で内側を探る。彼の欲望の味が口中に広がって、ケイトリンは低い声をもらし、たくましい上半身に両腕をまわした。あと少し腰を前へずらせば、あの高ぶった部分が私の中心をかすめそうだ。ケイトリンは渇望のあまり大胆になり、わずかに腰を浮かせた。

ついに二人の中心がかすかに触れ合った瞬間、ケイトリンは息をのんだ。アントニオは、もっと深い触れ合いを求める彼女の気持ちを察したに違いない。腰を押しつけ、小さくまわした。秘部で欲望が炸裂《さくれつ》し、ケイトリンは思わず頭をのけぞらせた。

すると彼の甘美な唇が喉の柔肌をたどり、ブラウスの襟元に軽く歯を当てた。そして第一ボタンに指先で触れた。「脱がせてもいいかい？」

ケイトリンはうなずいた。許可を求めてくれたのがありがたいし、あの魔法の唇でもっと素肌に触れてほしい。「ええ、どうぞ。あなたはシャツを着ていないんですもの。それで、おあいこだわ」

「おあいこと言うなら、僕は何も着ていないよ」

アントニオが意味ありげに低く笑い、彼女の背筋を甘い震えが走り抜けた。

「確かに、そうね」そう、不公平だわ。ケイトリンはいきなり立ちあがったが、前にしゃがんだアントニオはびくともしなかった。生まれたままの姿で平然としている。私もあの自信が欲しい。男性の寝室でも気後れせず、アントニオのような男らしい魅力全開の男性にも対処できる女になりたい。そのためには、今夜バージンというハンデを乗り越え、運命の相手を、自分の歓びを、この手でつかみ取るしかない。彼に導かれるままに進むのではなくて。

アントニオは私を求めている。それは彼の表情にも言葉にも体にも表れている。私が乙女らしい慎み深さを守っていても、なんの役にも立たない。

アントニオには、本能のままに私を奪ってほしい。今すぐに、罪深いほど情熱的に。きっと彼ならできるはず。だけど彼がためらっているのを感じる。

「心の準備ができたわ」ケイトリンはきっぱりと言い放って、震える指で第一ボタンを外し始めた。

アントニオはまぶたを半ば伏せ、第二ボタンへ向かう彼女の指を見つめた。「準備というと?」

第三ボタンを外し、第四ボタンも外す。「月明かりを浴びた私を見てもらう準備よ」

黒い瞳に炎がひらめき、喉の奥から満足げなうなり声がもれた。そのセクシーな響きに背中を押されて、彼女は最後のボタンを外し、アントニオを見据えながらブラウスを床に落とした。上出来だわ。

ブラジャーを外すのは、フロントホックだったが、少し難しかった。男性の前で外すのも、男性に裸の胸を見られるのも生まれて初めてだったから。

不意にホックが外れた。ケイトリンはみっともない授乳用ブラジャーをブラウスのそばに落とし、手で胸を覆いたい衝動と闘った。

「急いだほうがいいかもしれない。どうにかなりそうだ」アントニオがつぶやいた。太腿の上に置いた両手を握りしめ、称賛の目で彼女を見あげている。

「本当に?　私のせいでどうにかなりそうなの?」

ケイトリン・ホープウェルのストリップショーを見て、男性が正気を失うなんて、とても信じられない。うれしくてめまいがしそうだ。

「完全にやられたよ」アントニオがうめいた。「今、僕がどれくらい君の――」彼は歯を食いしばって、かぶりを振った。「いや、なんでもない。君のペースでゆっくり進めよう」

「だめよ。あなたはどうしたいのか教えて。言ってくれたら、させてあげるかも」もっと経験豊かな女性ならこうするだろうと想像して、ケイトリンはジーンズの留め金をもてあそんでみた。

「いいのか？　それならジーンズを脱いでくれ。さっそく始めよう、ダーリン」

親密な呼びかけの言葉が体中に染み渡り、喜びと興奮がわきあがった。「その呼び方、好きだわ」

「そうかい？　だが君はまだ服を着ている」

「あなただって、まだ何をしたいのか教えてくれていないわ」早く知りたくてたまらない。だからケイトリンはすばやくジーンズを下ろし、蹴飛ばすように脱いだ。もちろん、およそセクシーではない下着も注意深く一緒に脱ぎ捨てた。

もうこれ以上脱ぐものはない。幸い、淡い月光の下では一糸まとわぬ体の傷や欠点は目立たなかった。妊娠後の緩んだ体のラインも薄闇に溶けている。そのとき、ようやく気づいた。アントニオが明かりを消したのは、このためだったのだと。彼は何一つ見落とさないのだと。

アントニオにあがめるような目で見つめられて、自分は美しいと、何も隠さなくていいと感じて、ケイトリンは腕を脇に垂らし、ただ立っていた。

それから自信たっぷりに言った。もう声は震えなかった。「さあ、教えてちょうだい。どんないけないことをしようと考えているの？　力ずくで奪われる日をずっと待っていたのよ。早く始めてほしくて、うずうずするわ」

月の光とほほ笑みだけを身にまとった魅惑的な女性を見つめて、アントニオは低くうめいた。

なんとか冷静さを保とうとしたが、熱い血とアドレナリンが全身を駆けめぐっている。寝室のドアを開けたときから欲望をきつく抑えつけてきた。ところがたった今、爆発寸前まで追いこまれてしまった。

ケイトリンの無邪気さと、経験不足を隠すはすっぱな物言いのユニークな組み合わせに、これほど心そそられるとは思わなかった。

今やケイトリンが欲しくてたまらない。これほど激しく何かを求めるのは初めてだ。失った記憶を求める以上の激情だった。彼女に飛びかかって自分のものにしたくて、筋肉が張りつめる。ケイトリンが僕を駆り立てたように彼女を容赦なく駆り立て、狂おしい官能の縁へ追いつめたかった。

しかしそれはできない。ケイトリンにとっての初めての経験は、何か特別なすばらしいものになるべきだ。彼女には、優しくて節度ある洗練された男性がふさわしい。それなのに、アントニオ・カヴァラーリで我慢しなければならないのだ。

「僕は……」動揺で舌がもつれた。窓辺に敷いた上掛けに座った彼女に向かって、ケイトリンが近づいてきたのだ。薄闇の中でも、その目に宿る誘いの色は見誤りようがない。「僕はただ君と愛を交わしたいだけだ。いけないことをするつもりはないよ」

上掛けの下の床が硬くて膝が痛い。この日のために家具を入れ替えるとか、もっとよく考えて準備しておくべきだった。ケイトリンの初めての体験はベッドでさせてあげたかったが、ほかの女性と寝ていたベッドで彼女を抱くわけにはいかない。たとえ妻との記憶がなくても、これは信条の問題だ。

「どうして？　私がいけないことをしたくても？」

ケイトリンは上掛けの前で止まると、彼と同じように膝を折って座った。そして膝と膝を突き合わせ、訳知り顔で言った。「よく聞いてちょうだい。誤解のないように言っておきたいの。リングで戦うあなたを見て、確かに野蛮だけれど美しいと思った。不安を覚えると同時に、わくわくした。たぶん私にはどこか変なところがあって、あなたの野蛮で野性的な面が好きなのよ。でも、変でもかまわないわ」

彼の胸のハヤブサ《ファルコン》を指でたどりながら、ケイトリンは本人を見あげた。繊細な指の下で肌が脈打つのを感じて、アントニオは息をのんだ。

「私はファルコが欲しいの。そしてアントニオもね。初めては一回だけだから忘れられない体験にしたい。ためらわず、あなたのすべてを与えてちょうだい」

なまめかしく哀願されて、アントニオの鉄の意志は崩れた。無我夢中でケイトリンを抱き寄せ、彼に訴えかけてくる無垢《むく》な魂におぼれた。記憶を失い、粉々に砕けた僕の魂は、何一つ欠けたところのない完璧な彼女を求めている。

もっともっとケイトリンを感じたい。アントニオはむさぼるようなキスをして、体を絡め、肌を密着させ、豊かな胸を手のひらで覆った。そしてもう我慢できずに、見事な胸の頂を口に含んだ。

ケイトリンはあえいで、背を弓なりに反らした。やはり彼女は驚くほど敏感だ。アントニオはもう一方の胸の頂に舌で円を描いた。先端が張りつめるのを感じて、彼の下腹部は渇望に脈打った。

ケイトリンの名前をつぶやきながら、アントニオは彼女を上掛けに仰向けに寝かせた。月明かりに照らされた姿は神々しいまでに美しい。僕の子供たちの母親。僕の救い主。そしてもうすぐ僕の恋人になる女性だ。彼女の中に身を沈め、彼女を愛したい。

だがまず大事なことを最初にしなくては。アントニオはケイトリンの脚のつけ根に舌を滑らせた。

彼女は体をこわばらせ、弱々しい声をあげた。「ダーリン、大丈夫だよ。いけないことをしたいと言っただろう」彼は両方の腿の内側にキスをして、脚を開かせた。「目を閉じて、リングで戦う僕を想像してごらん。僕の何にわくわくしたんだい？」

「あなたはとても優雅に動いていた」彼女はつぶやいた。「まるで幻のようで、でもとても生々しくて。見ていると、体中が熱くほてってったわ」

「こんなふうにかい？」

アントニオはまたゆっくりと舌先で秘部に触れた。ケイトリンは小さく震えたが、もう体をこわばらせはしなかった。舌をもう少し強く押しあてると、彼女は腰を揺らし、歓びのため息をついた。

「そう、それでいい。ダーリン、楽にして。僕のことを考えていてくれ」アントニオは彼女のヒップを両手で包んで持ちあげ、脚の間に口をつけた。

アントニオに攻め立てられて、ケイトリンは激しく腰を揺らし身を震わせたが、動けば動くほど体の中心は彼の唇に近づくばかりだ。やがてそこから熱い蜜があふれ、彼女は叫び声をあげた。

ケイトリンのクライマックスはとめどなく続き、彼も興奮をあおられて下腹部がうずいた。

つけ方をよく思い出せない中、無事コンドームを装着できたのは小さな奇跡だった。アントニオはケイトリンの隣に横たわり、彼女を腕に抱いた。

「用意はいいかい？　まだ先があるんだ」

ケイトリンは親指で彼の唇をそっとなぞった。

「ええ、アントニオ。何もかも教えてちょうだい」

もっと優しくするつもりだったのに、アントニオは荒々しく彼女の脚の間に膝を突き入れ、抑えつけてきたエネルギーのすべてを注ぎこもうと身構えた。ところが最後の瞬間、なぜかいったん体を引いて、愛《いと》しさのすべてをこめて唇にキスをした。ケイトリンがくぐもった声をたててキスに応えると、彼はもう待てなかった。そして、できるだけゆっくりと彼女の中に入っていった。

ケイトリンはしびれを切らして、自分から腰を浮かせて彼を迎え入れ、さらに奥へ誘った。アントニオはうめき声をもらし、深く貫いた。全身の細胞が完全な結合を求めて叫んでいる。だが彼は土壇場で無理やり自分を抑え、ケイトリンと目を合わせた。

「大丈夫だと言ってくれ」

ケイトリンはうなずいて息を吐いた。彼を見あげる瞳はきらめき、濃い茶色の髪が乱れて美しい顔を縁取っている。彼女こそ幻のようだ。地上に囚《とら》われた天使だ。天使を見つけた僕は果報者だ。

「思っていたのとは違うけど」ケイトリンは言った。

アントニオも同じ感想を抱いていた。名づけようのない感情が胸を締めつける。これが愛であってほしい。僕は愛を感じられるのだと、僕の心は修復不能なほど壊れていないのだと思いたい。だが過去の記憶のかけらを探っても、これほど大きく深い感情は見当たらない。もしも記憶が完全に戻らなかったら、以前妻を愛した以上に今ケイトリンを愛しているかどうか、わかりようがない。

「あなたが中にいると、とてもすてきな感じよ。あなたはどう？」ケイトリンは試しに腰を振った。

その無邪気な動きが引き金となって、自制していた彼の情熱が堰《せき》を切ってほとばしった。

「感想を述べ合うのはあとにしよう」アントニオは彼女に覆いかぶさって動き始めた。ケイトリンは彼の背中に爪を食いこませ、身を反らした。あの豊かな胸の先が彼の胸板を押している。

突いては引くアントニオの動きに、ケイトリンは臆することなく応えた。早く、もっと早く。彼は奪い続け、彼女は与え続けた。アントニオは彼女のヒップをつかみ、体の位置を変えた。今度は彼が与え、ケイトリンを快感の極みへと押しあげていった。

もう限界だ。自分を解き放ちたくてたまらない。アントニオは彼女の一方の脚を後方に曲げて、さらに深く体を沈めた。えもいわれぬ悦楽が全身に広がり、彼は動き続けた。そしてケイトリンが小さな声をあげて体の奥で彼を締めつけたとき、うなり声とともにすべてを解き放った。それからがっくりとくずおれて、彼女を抱いたまま横へ転がった。

至福の余韻の中で、アントニオは彼女をそっと抱き寄せてぴったりと体を重ねた。ケイトリンは進んで身をすり寄せ、満足げなため息をついた。

こうして目を閉じていると、触れ合った肌と肌を通してケイトリンが僕の中に染みこんでくるかのようだ。いつまでもこのままでいたい。

だが次の瞬間、アントニオは自分の身勝手さをのろった。たった今バージンを差し出してくれた女性に何を差し出せばいい？　ダイヤモンドのイヤリングか、洗面タオルか。僕は意図に反して優しくできず、獣のように振る舞った。たぶんすり傷やあざができているだろう。「何か持ってこようか？」

「ありがとう。でも大丈夫。絶対に動かないでね」ケイトリンはさらに身をすり寄せてきた。「あなたのぬくもりが筋肉の痛みを和らげてくれるから」

「すまない。もっとゆっくり進めるべきだった」

「謝るのも禁止よ。確かにあちこち痛むけれど、それもいい感じなの。本当にすばらしかった。完璧だわ。すべてが夢見たとおりだった」ケイトリンは彼と指を絡め、手にキスをした。「ありがとう」

感情がこみあげて喉が詰まり、アントニオは落ち着こうとつばをのみこんだ。

ケイトリンがかき立てるこの感情がなんなのか理解したい。彼女を見ると胸がうずくのはなぜか、過去にさかのぼって理由を探したい。だができない。

わかっているのは、ケイトリンが奇跡だということだけだ。彼女は、僕が過去を求めてバタム島を出たとき、見つけたいと願ったすべてなのだ。

月光に照らされた彼女の体の脇をなで、アントニオは大切な問いをささやいた。「初めての相手は世界中のあらゆる男から選べたのに、なぜ僕を？」

「ずっと前からあなたと決めていたの。姉は……気が多くて、高校生のころでさえ誰かとつき合っては別れて傷ついていた。だから私は理想の人が現れるまで待とうと心に誓ったの。あなたを一目見た瞬間、〝やっと見つけた〟と思ったわ」

「例のピンクのシャツを着た僕を見た瞬間に？」

「ええ、一目ぼれよ。それからずっと好きだった」

「僕が結婚してからも?」それは感心しない事態だが、アントニオは彼女の一途《いちず》さに打たれた。

「自分が聖人だったとは言わないわ。そのことには、さまざまな複雑な思いを抱いていたの。墜落事故の連絡を受けたときは、二日間ひたすら泣き続けた。あなたを永遠に失ったと思ったから」

長い沈黙が流れ、アントニオはこれ以上は不可能なくらい強く彼女を抱きしめた。二人の高鳴る鼓動が響き合って一つになった。

僕が遠い島で孤独で途方に暮れていたとき、ケイトリンはここで、この家で僕の死を悼んでいたのだ。誰も僕のことなど気にかけていないと思っていたが、彼女は気にしてくれた。今も気にかけている。

それは、バージンよりもはるかにすばらしい贈り物だ。

10

翌朝、ケイトリンは夜明けに目覚めた。床の上で一晩アントニオと抱き合って寝たので、あちこち凝っていて痛みもある。でも最高にいい気分だった。

アントニオは音をたててキスをしてから、彼女を自室へ引き取らせた。たぶん新たに芽生えた二人の関係を住み込みのスタッフに隠しておくためだろう。

ケイトリンは熱いシャワーを浴びて筋肉の痛みを和らげた。何をしていても、廊下の向こうの部屋にいるセクシーな男性が頭から離れなかった。

アントニオもシャワーを浴びているかもしれない。あのゴージャスな裸体を湯が流れ落ちていくさまを想像して、ケイトリンは少しみだらな気分になった。

想像できるのは、彼の体を隅から隅まで知っているからだ。アントニオと――いつも欲しくてたまらなかった姉の夫と、一夜をともにしたから。おそらく地獄には、こんな罪を犯した女専用の刑場があるに違いない。そして、認めたくはないが、私はその罪深い一夜の一瞬一瞬を楽しんだのだ。

シャワーから出ると、湯気で浴室の鏡が曇っていた。タオルで拭いて、鏡に映る自分を眺めてみる。意外にも、昨日の朝と少しも変わっていなかった。具体的に何が変わるとは言えないけれど、人生の節目となる体験をしたあかしが外見に表れてもおかしくない。何しろゆうべは全身くまなく愛され、体の奥まで満たされ、めくるめく高みへ二回も昇りつめたのだから。あれは私の世界を揺るがす特別な体験だった。記念にタトゥーを入れるべきかも。たとえば、胸に鳩《はと》のタトゥーとか……。

ばかね。男性と一晩過ごしただけで、もう記念にふさわしいタトゥーを選ぼうとしている。

でも本当にすばらしかったのだ。あと千回はするつもりだとアントニオが言った理由が、今ならわかる。一回では、とうてい満足できない。

彼とヴァネッサの結婚はなかったと思うことにしよう。その記憶は封印して二度と考えなければいい。ヴァネッサは逝った。アントニオと私は一緒に前へ進んでもかまわないはずだ。それは犯罪ではない。

朝食のテーブルで、三つ子はいつもどおりバナナとシリアルで遊んでいた。ブリジットはいつもどおりしゃべりまくり、ケイトリンはいつもの席についていた。ところがアントニオに秘密めかした視線を投げかけられただけで、日常のすべてがバラ色の輝きを帯びた。そして恐ろしいことには、のぼせあがった愚か者の笑みを彼に投げ返しそうになった。

「今日、ケイトリンと僕は買い物に行く」全員が朝食を終えると、アントニオが突然言った。

「買い物？」何か買い忘れたプレゼントでもあったかしら、とケイトリンはいぶかった。「クリスマスまであと二日よ。きっとどの店も大混雑だわ」

「その混雑を解消する離れ技は、もう披露したと思うが」彼は得意げな笑みを浮かべた。

「それじゃあ、またあの手で問題を解決するつもりなの？　店の商品を丸ごと買い取って？」

「何かうまくいく手を見つけたら、千回でも繰り返す主義なんだ。君も感謝してくれていいのでは？」

黒い瞳が約束を秘めてきらめいた。昨日までのケイトリンなら、そんなほのめかしに赤面しただろう。でも今日の彼女は世慣れた大人の女だ。だから冗談めかして舌を突き出してみせた。

　アントニオに追い立てられてケイトリンはレンジローバーの運転席につき、門の外にたむろするパパラッチをよけて進んだ。こんな状況には慣れていない。アントニオが初めて〈ファルコ〉に行った日以来、カメラマンたちはここに陣取っている。

　いつもどおり、アントニオは彼らを無視した。顧問弁護士のカイルと最高経営責任者《CEO》代理のトマスが、アントニオに代わって殺到する質問に答えているが、本人は公人としての人生に急いで復帰する気はないらしい。ケイトリンとしては、私生活を楽しむ今の彼に文句はなかった。

「何を買いに行くの？」パパラッチや報道車両の群れを抜けてから、彼女はきいた。

「寝室の家具だ。今あるのはヴァネッサのものだからね」彼は静かに答えた。「僕たちが帰宅するまでに、あの部屋の家具は全部片づけるよう手配してきた。一式を新しく選ぶから手伝ってくれ」

　まあ、それでゆうべは床に寝たのね。妻と愛を交わしたベッドで、私と一夜を過ごしたくなかったから。たぶん、それは妻に対するこの上ない裏切りになると考えたんだわ。

不意に熱い涙がこみあげた。なぜこんなに胸が締めつけられるのか、言葉では説明できない。最初に彼の妻になったのはヴァネッサだ。その事実は変えようがない。機会はあったのに、アントニオは私を選ばなかった。しょせん私は予備の妹なのだ。

でも彼は信じられないくらい思いやり深く、最初の結婚の名残を片づけてくれた。ゆうべ、思い出せない過去にこだわらず前へ進みたいと言ってくれた。私は彼の選択を非難はできない。かつて姉を選んだことも、今、過去を葬ろうとしていることも。

墜落事故に遭い、悲惨な体験をしたアントニオが、新たなスタートを切りたがるのは当然だ。寝室の家具が最初の妻のものだから新しい家具が欲しいと言うなら、彼が満足するまで毎週でも模様替えを手伝ってあげよう。そして最初から姉の後釜に座ると決まっていた予備の妹だと繰り返し思い知らされるつらさは、口に出さずにおこう。

静かな店内へ足を踏み入れたとたん、店員が近づいてきた。高価な厚板の床と控えめな照明が贅沢《ぜいたく》な雰囲気をかもし出し、陳列された寝具も最高級品だ。アントニオがここで寝具一式を購入し、五万ドル以下の出費ですんだらクリスマスの奇跡だろう。

「今日は何をお探しでしょうか？」店員が丁寧な口調で尋ねた。

「僕たちの寝室に新しい寝具一式が必要なんだ」

〝僕たち〟ですって？　ケイトリンは驚いてアントニオの顔を二度見した。

「かしこまりました。どんな様式がお好みでしょう。アールデコとか、あるいは現代風なものとか？」

「ケイトリン、何か特に希望はあるかい？」まるで二人の寝室の家具を一緒に買いに来たカップルのように、アントニオは彼女の背中に手を当てた。

「私は……あなたの好みを知らないし」何年にもわたって彼をひそかに観察し続け、ついにゆうべは一夜をともにしたというのに、その彼の好みを知らないなんて、実に情けない話だ。

「僕は、君を笑顔にする寝具が欲しいな」熱い目で見つめられて、ケイトリンはぼうっとなり言葉を失った。アントニオは店員に向き直った。「彼女に全部見てもらって、色とか形とか、好きに選ばせたい。特注もできるんだろう？」

店員の目にドルマークが浮かんだ。「もちろんでございます。装飾用のクッションに至るまで、すべて特別注文を承ります。私のことは、ジュディとお呼びください。あなた様は？」

「こちらはミズ・ホープウェルだ。この場では彼女が主役だ。寝室に必要なすべてを彼女が選び終えたら、金は僕が払う」

「ちょっと失礼」ケイトリンはアントニオを脇へ引っ張っていき、小声で問いつめた。「いったいどういうつもり？　私にはできないわ。あなたの寝室の家具を選ぶなんて……」親密すぎる行為だ。

「君に選んでもらいたいんだよ。使うのは君なんだから」

それらを使っている自分がありありと思い浮かんで、彼女は一瞬目を閉じた。「でも私の寝室じゃないわ。私には自分の――」

「君の寝室なら、もうないよ」ケイトリンが驚いて目を見開くと、アントニオは顔をしかめた。「すまない。先に話しておくべきだった。僕の寝室に移ってもらいたいんだ。一時的ではなく永遠にね」

そうなれば、住み込みのスタッフもすぐに二人の関係に気づく。つまり、アントニオには隠す気はないわけだ。だけど、そもそも二人の関係って何？彼が誠実で身持ちが固いタイプなのはわかっている。これは、恋人になってほしいという婉曲《えんきょく》な申し出なの？　あるいは正式なプロポーズへの前触れ？

彼の望みがなんであれ、答えは〝イエス〟だわ。

今は、そしてここは、この問題を徹底的に話し合うのにふさわしくない。とにかく落ち着かなくては。アントニオは私に、そばにいてほしいと言った。しかも永遠に。誤解のしようがない言葉でしょう？　他人がその関係をなんと呼ぼうとかまわない。ケイトリンの心臓はうれしくて宙返りを打った。もうじっと胸の中に収まっていられない。夢見たすべてが思いがけず手に入ったのだ。

アントニオが彼女の手をぎゅっと握った。「あの寝室が僕たち二人だけの場所に、過去の影に脅かされない場所になるよう、手を貸してほしい」

彼の言葉に幸せを打ち砕かれ、行き場を失った心臓が喉へせりあがった。寝具を変えるだけで、本当にそんなことができたらいいのに。

でもヴァネッサの影から逃れることはできない。私は今も姉の人生を、死によって姉が続けられなくなった人生を生きている。ずっと欲しくてたまらなかったけれど、私には得られなかったはずの人生を。大きな罪悪感が改めてのしかかってきた。

何よりつらいのは、私の気持ちをアントニオに話せないことだ。彼には今以上の罪悪感を抱いてほしくない。彼はヴァネッサを覚えてさえいない。そして妻を思い出せないとひどく悩んでいる。

今回は、おもちゃを買うよりはるかに難しい。自分たちのために高価な寝具を選ぶのは、三つ子のために四十ドルのおもちゃを選ぶよりずっと深い意味を持っている。

「頼むよ。もう独りぼっちで大海を漂っているような心細さを感じたくない。君が必要なんだ」

ケイトリンは目を閉じた。アントニオの必死さが握られた手を通して全身に伝わってくる。これは単なる寝具の問題ではない。二人の関係は表面的なものではなく、単純でもない。とはいえ、私に選択権はない。彼にノーとは言えないし、言いたくもない。

「わかったわ」ケイトリンは息を吐き出し、店員を見た。「私が選びます」

不安で神経がざわめいたが、アントニオはほほ笑んでいる。まるで世界一すてきなクリスマスプレゼントをもらったような笑顔だ。自分の罪悪感のせいで彼を失望させるわけにはいかない。

「では、こちらへどうぞ」大きな売り上げを期待するジュディは、ケイトリンを案内しながら生地や色やその他ありとあらゆることをしゃべり続けた。

今日の終わりには、アントニオの新しいベッドで眠ることになるだろう。でも正直なところ、どんな寝具かなんて問題ではない。私の目に映るのは、隣に横たわる繊細で魅惑的な男性だけなのだから。

マリブ海岸に打ち寄せる波を見おろす全面窓から朝日が差しこんできた。ケイトリンはアントニオに体を巻きつけ、寝息をたてる彼を見守っていた。いくら見ても見飽きない。濃いまつげが高い頬骨に影を落とし、キスする夢でも見ているのか、唇をすぼめている。不思議なことに、ちょうどケイトリンも彼とキスする夢を見ていた。だから本当にキスをして起こしてあげた。「メリークリスマス」

アントニオはぱっと目を開いて、眠そうにほほ笑んだ。「もう二十五日かい？　時間の感覚がなくなっていたよ」

「ずっと忙しかったもの」買った寝具が届いてから、二人は寝室の模様替えに夢中になっていたのだ。

ゆうべ遅く、最後に青緑色のクッションをソファに置いて、二人は模様替えの完了を宣言した。そこは以前の寝室とはまったく別の空間になった。ヴァネッサは重厚で華麗なバロック様式が好みだったが、ケイトリンはもっとジンプルな色と様式を選んだ。四柱式ベッドも凝った装飾のない簡素なデザインだ。部屋全体を落ち着いたトーンでまとめ、青緑色と濃い茶色のクッションをアクセントに配した。

忙しくて息もつけない、夢のような二日間だった。でもケイトリンが想像したとおり、この部屋で一番すばらしいのはアントニオだ。彼がいる限り、ケイトリンにとっては毎日がクリスマスだった。

アントニオは仰向けから横向きになり、彼女を抱き寄せた。「では、メリークリスマス」

ケイトリンは彼の温かな体に身をすり寄せた。

「すぐに起きなくてもいいでしょう?」

「まだ何年もこのままでいいさ。子供たちは三、四歳になるまでサンタが誰かも知らないんだろう?」

ケイトリンはこんなふうに話す彼が好きだった。アントニオと自分、そして三つ子は家族で、何があっても永遠に一緒だと思えるから。彼は〝結婚〟という言葉を口にしたことはないが、私たちはそこへ向かっているのだと思いたかった。

「甘いわね。来年の今日、三人が午前五時に起きて、サンタからのプレゼントを捜しによちよち階段を下りていかなかったらラッキーだと思わないと」

「それじゃあ、貴重な今年を有効活用したほうがいいな」アントニオは黒い瞳をきらめかせてウインクすると、長くなまめかしいキスをした。熱くざらついた舌が口の中に押し入ってきて彼女の舌と戯れる。

同じ舌が自分の中心を親密に味わっていたのを思い出して、ケイトリンは激しい興奮を覚えた。

アントニオは彼女の脚の間に片方の腿を差し入れ、脚のつけ根にぴったり押しあてた。ケイトリンは甘い声をもらして腰を揺らし、体の中心をたくましい腿にさらに押しつけた。もっと……感じたい。でも口に出さなくても、アントニオは彼女の心が読めるかのように、望みをわかってくれた。

彼は腿を手に変えて、敏感な核をつまんで転がした。ケイトリンは息をのんで目を閉じた。窓の外で海岸に打ち寄せる波のように、熱い快感の波が押し寄せた。アントニオは悪魔と取引したに違いない。だからこれほど魅惑的な外見を持ち、格闘家と実業家の両方の仕事で成功したうえ、私をこんなに心地よくさせることまでできるんだわ。

彼女の口元で美しく響くイタリア語をつぶやきながら、アントニオは指先で歓《よろこ》びを与え続けた。このままでは強烈な快感に肌が燃えあがり、やがて灰になってしまいそうだ。それから彼は喉に唇を滑らせ、胸の膨らみに口をつけた。胸の先端を舌先でなぶられて、ケイトリンは独立記念日の花火のように空高くはじけ飛んだ。

圧倒的なクライマックスが訪れ、筋肉は硬直し、目の奥で星が炸裂《さくれつ》した。「アントニオ」彼女はささやいた。叫んだのかもしれない。彼の名を高らかに歌う声が体中に鳴り響き、自分の声が聞こえない。

「ダーリン、僕はここだよ」アントニオが呼びかけに応えた。ケイトリンを仰向けにして覆いかぶさり、彼女を押しつぶさないよう肘で体を支えている。

でも、そんな気遣いは無意味だった。彼がするりと中に入ってきた瞬間、歓びで胸がはち切れ、あふれ出した情熱が体を隅々まで満たし、愛しているという思いがケイトリンを押しつぶしたのだから。

遠くから彼を眺めて切望に胸を焦がした日々。あれはただのあこがれ。この愛とは比べ物にならない。

ケイトリンは目を閉じて、彼に満たされる感覚を堪能した。アントニオが位置を変えて高ぶりが快感の中枢に触れると、思わずため息がもれた。完璧だわ。体と魂の両方に触れられた気がする。誰とでもこんなふうに感じるものなの？　それともアントニオと私だけが特別な絆《きずな》で結ばれているの？

私には知りようがない。彼以外の男性を愛したことがないのだから。親密な関係になったのは彼だけだ。アントニオを心底信頼している。彼は強くて誠実で、永遠にそばにいてくれる。彼と結ばれる日を待っていてよかった。ほかの男性に心と体を開き、こんなふうに甘美な愛を交わすなんて考えられない。

アントニオの動きが執拗《しつよう》に、切実になってきた。ケイトリンは体を反らして彼を深く迎え入れ、情熱を受け取っては与え、ついに同時に絶頂に達し、満ち足りて恍惚《こうこつ》の淵《ふち》へと落ちていった。

二人は力尽きて抱き合ったまま横たわり、無言で、でも心も体も一つになったと感じていた。やがて少し力が戻ったが、ケイトリンはあまり動かず、ただアントニオの肩に頭をのせた。そして彼に再会できた運命に感謝した。

アントニオがリモコンを取り、壁に埋めこまれた薄型テレビをつけた。インドネシアから戻って以来、一人の朝の静寂をごまかすための習慣になっているのだと、昨日の朝、話してくれた。

「もうこんな騒音は必要ないわ」ケイトリンはテレビを消そうとしたが、ちょうどニュース番組のキャスターがアントニオの名前を口にした。

「なんの話だ？」アントニオは上半身を起こし、ヘッドボードにもたれて画面を見つめた。

「ある玩具店の在庫すべてを〈トイズ・フォー・トッツ〉に寄付した匿名の篤志家は……」ブロンドのキャスターはにっこり笑い、その横にアントニオの写真が映し出された。「この秘密のサンタのおかげで、何千人もの地元の子供たちにとって、今日は文字どおり楽しいクリスマス《メリークリスマス》となりました。アントニオ・カヴァラーリは一年前の飛行機事故で死亡したと見なされていましたが、最近……」

アントニオは顔をしかめた。「理由があって匿名の寄付にしたのに、余計なことを」

テレビ画面にヴァネッサの写真がひらめき、ケイトリンはチャンネルを変えた。すでに罪悪感に悩まされているのに、さらにあの世から姉ににらまれたくない。

ところがアントニオは、もうテレビを見てさえいなかった。黒い瞳はひたとケイトリンに向けられている。「君は僕に本当によくしてくれたね」

そして彼女の頬に一房垂れた髪を耳の後ろにかけ、乱れた長い髪を首筋から払いのけると、喉に唇をつけた。肌に火花が散って、ケイトリンは身震いした。先ほどの親密な営みで燃え尽きて灰になったはずの体だが、どうやら灰が冷めきっていなかったらしい。

「君にプレゼントがある」アントニオは彼女を抱き寄せて喉へのキスを続けた。

「私が欲しいのは、まさにそれよ」ケイトリンは頭をのけぞらせ、喉元を彼の唇に押しあてた。この唇をもっと下へ滑らせてほしい。毎日二十四時間私に触れてほしい。今朝このベッドを出る前に、あと十回は私の内に身を沈めてほしい。

アントニオは笑いながら背後に手を伸ばし、ベッド脇の化粧台の引き出しから細長い箱を取り出した。

期待に胸を膨らませて、ケイトリンは緑色に輝く包装紙をはぎ取り、箱のふたを開けた。ベルベットのクッションの上に銀のチェーンネックレスがのっていた。銀の透かし細工のチャームがついている。

三個のチャームがよく見えるように、アントニオがネックレスを手に取って掲げてくれた。「AとL、そしてもう一つAだ」

「まあ、すてき。子供たちのイニシャルね」

アントニオがAのチャームを一個つまむと、中央に飾られた小さな白い石のかけらがきらりと光った。

「インドネシアでは土のリングでトレーニングしていた。練習試合中、リングの土から小さな岩のかけらが見つかることがよくあった。向こうを発《た》つとき、一個ポケットに入れて持ってきたんだ。故郷で見つけたいものの象徴としてね。壊れた記憶の下に埋まった僕自身の人生の象徴だ」

ケイトリンは言葉を失い、ただ彼を見つめた。

「宝石店に頼んで、持ってきた石をカットして磨いてもらった。どのチャームにもそのかけらを飾ってある」アントニオの指先でAのチャームが揺れた。「もし三つ子がヴァネッサのお腹《なか》にいたら、妻と一緒に亡くなっていた」

そのとおりだわ。そんなふうに考えたことはなかったけれど。ヴァネッサに代理母になってほしいと頼まれたときは、姉を愛していたから引き受けた。それと、正直に言えば、アントニオの赤ちゃんを私のお腹で育てられると考えたから。誰もが満足する選択だと思ったのだ。でも最終的に、もう罪悪感を抱かなくていいくらい大きな利点があったわけだ。

アントニオはネックレスを握りしめてベッドの上でひざまずくと、ケイトリンの帝王切開の傷跡に唇をつけた。そして永遠に続くかと思うほど長いキスのあと、彼女を見あげた。「三つ子は僕の一部だ。そして君がいなければ生まれなかった。君がくれた宝物に見合うお返しなどとうていできないが、これはささやかな感謝の印だ」

アントニオが身を乗り出してネックレスを首にかけてくれたとき、ケイトリンの頬を涙が伝った。胸の中のすべてが喉にこみあげ、口からあふれ出た。

「愛してるわ」

彼が同じ言葉を返してくれなくてもいい。今が告白にふさわしい時でなくても、これが一瞬の衝動でもかまわない。愛しているのは紛れもない真実だし、この気持ちの高まりはどんなに大きなダムもせき止められない。

ケイトリンを見つめる暗い瞳に、さまざまな感情がよぎる。「僕も同じ言葉を返せたらと思う。返したいよ。だが今言うのは適切でない気がする」

ケイトリンはうなずいた。頬をさらに何粒かの涙が流れて、彼女が入念に選んだ青緑色の枕に落ちた。アントニオはまだヴァネッサを愛しているのね。

「大丈夫。せかすつもりはないわ。ただ、私の気持ちを知っていてほしいと思っただけなの」

アントニオは彼女を引き寄せ、二度と放さないとばかりに抱きしめた。「また一つ宝物をくれたね。しかも、なんのお返しも期待せずに。ケイトリン、君は本当に大した女性だ」

ケイトリンは頬を彼の胸のハヤブサ《ファルコン》に押しあて、力強い鼓動を聞いた。アントニオがヴァネッサを忘れるには時間がかかるだろう。彼が過去を乗り越えられるよう、私も手を貸そう。やがてこの強く美しい心の持ち主は永遠に私のものになり、私は欠けた部分のない完璧な自分になれるわ。

「クリスマスは私たち家族で過ごしましょう」ケイトリンは彼の胸に抱かれたまま言った。

クリスマスの翌日、アントニオはもう家に閉じこもっているのに耐えられなくなった。むしゃくしゃする気分を晴らすには一人で〈ファルコ〉へ行くしかない。ケイトリンは彼の不安にまったく気づかない様子で、キスをして送り出してくれた。

記憶を取り戻すために何か違うことを試す必要がある。過去の結婚生活の記憶がなく、前へ進む道しるべもない男との関係に縛られていては、ケイトリンが気の毒だ。彼女を抱けば記憶が戻るのではと期待したが、逆に事態を悪化させただけだった。

ケイトリンは僕を愛していると言う。僕の気持ちも同じだ。彼女を見るたび、空の星が急に輝きだして闇夜を明るく照らすように感じる。彼女こそが僕を導く星なのだ。これは愛に違いない。

だがケイトリンによれば、僕はヴァネッサを愛していたらしい。それなのになぜ妻を思い出せないんだ？　この状況でケイトリンに愛を告げ、将来を約束するのは間違っている。かつてヴァネッサに同じ約束をしながら、そのすべてを忘れたのだから。

いつかまた〝切り裂き野郎《カッター》〟と対戦し、頭にパンチを食らったら、今度はケイトリンのことも忘れるかもしれない。そう考えると耐えられないのだ。

〈ファルコ〉に着いて、アントニオは自分のデスクの後ろに座った。光沢のある巨大なデスクは、ケイトリンの話では、このオフィスのほかの家具同様、僕が自分で選んだそうだ。ヴァネッサと一緒に買いに行ったのかもしれない。先日ケイトリンと寝具を買いに行ったように。ケイトリンとの関係は特別なかけがえのないものだと思いたいのに、過去の記憶がなくては比べようがない。

とはいえ、こうして苛立《いらだ》っていても意味がない。そこでアントニオはクリニックに電話をかけ、クリスマス休暇の翌週にCT検査の予約を入れた。

ケイトリンと子供たちのために、この過去も未来も不透明な霧中状態から抜け出すべきだ。以前、年が明けたら将来について話すとケイトリンと約束した。だから大みそかは、彼女と二人きりでパリかマドリッド辺りで迎えるつもりだった。

アントニオはポケットから指輪の箱を取り出し、ふたを開けた。十五カラットのダイヤモンドが真夜中の空を思わせる濃紺のベルベットに映えて、星のようにまばゆく輝いている。特注のチェーンネックレスを受け取りに行ったとき、この指輪を一目見てぴんときた。これこそ、永遠にケイトリンの指を飾るべき指輪だと。これを贈れば、彼女は僕のものであり、僕には彼女が必要だと全世界に誇示できると。

だが、まだプロポーズはできない。最初の妻の亡霊を追い払うまでは。

アントニオはデスクを押して立ちあがり、新鮮な空気を吸おうと会社の外へ出た。

そのとき、視界の端にちらりと赤毛の人影が映った。別世界の何かを見たような恐怖に心臓をわしづかみにされて、彼はゆっくりと振り返った。

いぶかしげに、でも何かを期待するように首をかしげて、女性が近づいてくる。長い脚。ほっそりした体つき。磁器のように美しい肌。ウエストまで流れ落ちるつややかな赤毛。

ヴァネッサ。

なんてこった。あれは僕の妻だ。血が通い、生きている。無数のイメージが脳裏に浮かび、ナイフで切り裂かれるような痛みがこめかみに走った。

「アントニオ」妻が震えるかすれ声でささやいた。目を合わせようと食い入るように見つめてくる。

「今朝、ニュースで見たのよ。でも信じられなかった。どうしてもこの目で確かめたくて」

「ヴァネッサ」喉がふさがり、低いしゃがれ声しか出ない。

まるで顔を手の甲で打たれたかのように、彼女は後ずさった。「何それ？　冗談のつもり？」

「君は死んだはずだ。遺体が見つかったとケイトリンから聞いた」

ケイトリン。アントニオはぞっとして、目の前の赤毛の女性をまじまじと見た。僕の子供たちの母親は、僕の恋人はケイトリンだ。僕の家に、僕の心に住んでいるのは彼女だ。ヴァネッサの入る余地はどこにもない。なぜこんなことに？

「私はヴァネッサじゃないわ。アントニオ、いったいどうしちゃったの？　私よ。シェイラよ」

シェイラ。その名前が彼の頭で炸裂し、いろいろな記憶がよみがえってきた。

笑うシェイラ。彼の名をつぶやくシェイラ。体を彼に絡ませ、のけぞるシェイラ。

シェイラ——僕の愛人。ヴァネッサ——僕の妻。

時折よみがえる赤毛の女性の記憶が切れ切れで支離滅裂だったのは無理もない。あれは、二人の女性の断片的で不完全な記憶だったのだ。

11

吐き気が渦巻き、アントニオは衝撃の事実を締め出そうときつく目を閉じた。シェイラを見るのも、彼女と親密だった事実を受け入れるのも嫌だ。妻を裏切り、この女性と不倫していた。それは嫌悪すべき間違った行為だ。そんなことをする自分など想像もできない。

しかし明らかに、僕は不倫を常に嫌悪していたわけではなかったようだ。

喉に苦いものがこみあげ、アントニオはシェイラの見慣れた詮索好きな目から顔をそらした。

「いったいどうしたの？ 私に会えてうれしくないの？ ヴァネッサがいなくなって、ようやく一緒になれるのよ」

「僕は君を……」覚えていないと言おうとしたが、それは嘘《うそ》だ。うんざりするほどよく覚えている。

アントニオの動揺に気づいていないのか、シェイラは彼の腕に手を置いた。アントニオは振り払いたい衝動をこらえた。自分が結婚の誓いを破ったのは彼女の責任ではないのだから。

それでもマニキュアした手が触れた辺りに鳥肌が立ち、思わず腕を引っこめると、シェイラは傷ついた表情で手を脇に垂らした。

「すまない。だが今の状況は、君が考えているのとは違う」アントニオはぶっきらぼうに言った。

「何が問題なのかわからないわ。あなたは生きていた。まさに奇跡よ。なぜ電話してくれなかったの？ この一年間、あなたは死んだと思いこんでいた。どれほどつらかったか、わかる？」

「シェイラ――」くそっ、彼女の名前を口にしただ

ってしまいそうだ。記憶を失っていれば、なおさら。「じつは、僕は記憶喪失に陥

ければ舌を切り落としたくなる。「僕は記憶喪失に陥

っているんだ」その言葉を自分から言うのは初めて

だったが、認めてしまうと病気への恐怖がいくらか

薄れた。「飛行機が墜落してインドネシアの島に流

れ着いたときは、何も覚えていなかった。数週間前、

マリブの自宅だけ思い出して帰ってきたんだ」

「じゃあ、私のことは覚えていないのね」シェイラ

はがっくりと肩を落とし、涙を浮かべた。

「いや、思い出したよ。ただし、こうして会うまで

は忘れていたが」

カイルやトマスと同じで、再会したら思い出した

のだ。ところがケイトリンやロドリゴは、会っても

思い出せなかった。そこで、大きな疑問がわいた。

もしヴァネッサを見たら、何か思い出すのか？

早く家へ帰って、このざるのような頭からもっと

記憶を引き出せないか試してみたい。アントニオは

涙ぐんだシェイラに言った。「すまない。もう君に

してあげられることは何もないんだ。君を愛してい

ないし、これからも愛することはない」

シェイラは苦々しげに笑った。「まあ、面白い。

それと同じ言葉を前にも聞いたわ。ただし、あのと

きはヴァネッサの話をしていたんだけど」

以前シェイラに言った言葉が、自分の声で頭に鳴

り響いた。〝妻を愛していないし、これからも愛す

ることはない。あの冷たいからっぽの家には、僕に

とって大切なものは何一つ残っていない〟あの家と

は、ヴァネッサと住んでいたマリブの家。そして今、

ケイトリンと子供たちと一緒に住んでいる家だ。

シェイラにはヴァネッサを愛していないと言った

が、本当だろうか？　愛する気持ちがどんなものか

思い出せないのは、そのせいかもしれない。あるい

は、愛人をつなぎとめるための嘘だったのか？

いずれにしろ、ヴァネッサと一緒にタイへ行った

し、妻と子供も作った。そしてその間ずっと、シェ

イラと熱い情事にふけっていた。

いったいどこの誰が、そんな破廉恥な行動を取ったんだ？　自分が誰かを知るために故郷へ戻ってきたときには、これほど不誠実で身勝手な過去の行状を見出《みいだ》すことになるとは思いもよらなかった。事故に遭う前の僕は、いったいどんな男だったんだ？

格闘家の一面は、今も変わらないし理解できる。だが浮気者の一面となると……戦うことをやめるのが難しいように、不倫もやめられないのか？　とにかく過去のアントニオ・カヴァラーリがどんな男だったか知る必要がある。そして子供たちにもケイトリンにも知らせるべきだ。そうすれば、今後なりたい男になるための道筋をつけられるだろう。

「すまない」彼はまた謝った。「もう帰らないと。どうか二度と連絡しないでくれ。僕たちの関係は、どんなものだったにしろ、もう終わったんだ」

「そうよね」シェイラはため息をついた。「今度こそチャンスだと思ったけれど、勘違いだった。一年前だって、あなたには離婚する気なんてなかったわけだし。何しろ子供が生まれるところだったから」

「確かに、離婚はしなかっただろうな。ちなみに、生まれたのは子供たちだ。三つ子だよ」

「それはおめでとう。ヴァネッサは思いのほか利口だったのね。離婚していたら養育費が三倍よ。どうやって三つ子を産ませたのか知りたいものだわ」

〝養育費〟ヴァネッサとの口論で、その言葉を手榴弾《しゅりゅうだん》のように投げつけられた場面がありありと浮かんだ。シェイラの名前も出ていた。ヴァネッサは僕が愛人と別れると誓いながら別れなかったので激怒していた。そして子作りは保険だとあざ笑った。なんのための保険と言ったかまでは思い出せない。

「三つ子が生まれたのは偶然だ。幸せな偶然さ」

シェイラはうなずいて去っていった。その後ろ姿を見送ってから、アントニオは運転手つきの大型車で家へ帰った。今度こそ、頭の中に閉じこめられた謎をきちんと解明するつもりだ。

　帰宅後はヴァネッサが主演したテレビドラマを見ようと、まっすぐビデオ観賞用の部屋へ向かった。もっと早く見るべきだったのに、見ても無駄だと自分に言い聞かせていた。それは、恐ろしい真実から身を守るための口実だったのだ。

　六十インチの大画面にヴァネッサが現れると、喉元の脈が激しく打った。彼女は細身で、赤毛で、顔立ちは繊細だ。その物腰は……どこか見慣れた感じがする。まさにケイトリンの赤毛版だ。

　またこめかみにナイフで切り裂かれるような痛みが走り、頭がずきずきし始めた。

　混じり合っていたシェイラとヴァネッサの記憶が、たちまち二つに分かれた。今やどちらも、それぞれ完全な形を持った二人の女性だ。その双方に、自分がいつ、どんな対応をしたか、すべての記憶がどっとよみがえってきた。そして、わかった。

　たぶん僕は妻のことも愛人のことも思い出したくなかったのだ。自分がケイトリンのような無垢《むく》な女性にふさわしくない男だと意識下では知っていて、わざと記憶を抑圧していたのだ。飛行機事故以前の自分の醜い姿に向き合うことを避けていたのだ。

　アントニオは深い悲しみに襲われて喉が詰まった。ケイトリンに話さなければならない。彼女は、僕がどんなにひどい男か知るべきだ。記憶喪失によって別の人間になったわけではなく、ただ自分の罪を忘れていただけだった。

　アントニオはテレビを消して、真っ暗闇の中、贅《ぜい》沢《たく》なソファに座り、いつまでも自己嫌悪に浸っていた。妻を裏切ったことも、なぜ裏切ったのか思い出せないことも嫌でたまらない。過去の自分を理解できなければ、前へ進めないのに。

　ドアが開き、ケイトリンの頭がのぞいた。「ハーイ、帰ってきたのね。知らなかったわ。でも——」
「入ってくれ」アントニオは上ずった声で言った。

都合よく彼女が登場した。正直に白状したほうがいいだろう。〈ファルコ〉周辺にたむろするパパラッチに、シェイラと話す姿を撮られた可能性が高い。ケイトリンには僕の口から真実を伝えたい。

入ってきたケイトリンが明かりのスイッチに手を伸ばし、彼はその手をつかんだ。暗いほうがいい。

「いったいどうしたの？」彼女は心配そうにきいた。

「話があるんだ」

だが、どこから話せばいいかわからない。ケイトリンを裏切ったわけではないが、彼女は姉に代わって激怒しそうだ。とはいえ、真実を伝えなくては。

「さあ、話して」ケイトリンもソファに座った。開いたままのドアからもれる光で彼女の横顔がどうにか見える。ココナッツシャンプーの淡い香りが漂ってくる。何も話さず、過去の亡霊に邪魔されず、ただ彼女の中に身を沈めたくてたまらなかった。

しかしおそらく二度と彼女に触れることはできないだろう。ケイトリンは、僕が与えられる以上のものを受け取って当然の女性だ。

「今日……ある女性に偶然会った。飛行機事故前からの知り合いだ。彼女を……思い出せた」

「まあ、よかったわね！」その優しい声が胸に突き刺さる。

「いや、よくない。彼女と不倫をしていたんだ」アントニオは容赦なく、あからさまに言い放った。

「不倫？」突然の告白に困惑している様子だ。

「ああ。どうやら長年続いていたらしい」

ケイトリンは黙りこんだ。動転しているのか？そのはずだが暗くて表情までは読めない。アントニオは暗闇の中で自分の罪悪感と向き合い、ただ待つしかなかった。ついに彼女が口を開いた。

「理解できないわ。あなたとヴァネッサは幸せなカップルだった。愛し合っていたのよ」

「僕は幸せではなかったし、妻を愛してもいなかった」それに気づいたことが一番つらい。愛とは何かわからなかったのは、記憶喪失で忘れたからではなく、愛した経験がなかったからなのだ。ヴァネッサの記憶がよみがえって、その真実を悟った。

今ケイトリンに感じている気持ちを過去の何かと比べることはできない。こんな気持ちになったのは生まれて初めてなのだから。

そして、これこそが愛だとはっきり言える。愛でなければ、自分がどんなに醜い人間かをケイトリンに告げても、ここまで胸は痛まなかったはずだ。

「それなら、なぜ離婚しなかったの？」

「わからない。カトリックの教義に縛られていたのかもしれない。それに子供が生まれるところだったし。まだ戻らない記憶がたくさんあるんだ」

「ヴァネッサは知っていたの？」ケイトリンの声はかすれ、鼻をすすっている。泣いているのだ。

ケイトリンを悲しませたと思うと、アントニオは胃を締めつけられた。もちろん、不倫を打ち明ければただではすまないとわかっていた。だが彼女は怒ると思ったのに悲しんでいる。体に触れて、慰めてあげたい。その衝動を抑えようと、自分の手のひらに爪を立てた。僕では彼女の悲しみは癒せない。僕が、悲しみの元凶なのだ。

「ああ、知っていた」当時の結婚生活の詳細を思い出せればいいのだが。妻を愛しておらず、別の女性と浮気しているような夫と、ヴァネッサはなぜ結婚を続けたんだ？「いきなりこんな爆弾を落としてすまない。僕たち二人の関係はもっと違う方向へ進むはずだったのに」

今ごろは大みそかの旅行の話で君を驚かせているはずだった。そこでプロポーズするはずだった。

「これは簡単に受け入れられる話ではないわ。なんと言えばいいかわからない」また声がかすれた。アントニオの内に、苛立《いらだ》ちと悲しみと怒りが同時にわきあがった。どうにかしてこの場を切り抜けたい。まだあなたを愛していると、過去のあなたがどんな人でもかまわないと言ってもらいたい。「それなら、何を感じているか言ってくれ。怒っているとか、悲しいとか、僕を殴りたいとか」

「あなたという人がわからなくなったわ。私にとってはとても大切な結婚の誓いが、あなたにとっては無意味なのかと思うと、ベッドをともにしたことが悔やまれる」ささやくような小声で言われて、アントニオは凍りついた。「こんな事態にうまく対処なんてできない。今すぐは無理よ」

ケイトリンは立ちあがり、静かにすすり泣きながら部屋を出ていった。

僕を導く星が、僕を闇の中に残して去っていった。彼女なしでは、もう本当の自分を捜せない。これまで長い間、過去の自分を思い出そうと必死だったのに、今やただ忘れたいと願っている。皮肉な話だ。

ケイトリンは泣きやみ、三つ子に授乳中だった。アナベルを腕に抱いてぼんやり壁を見つめ、胸に吹き荒れる悲嘆の嵐を静めようとしているところだ。ベッドにもぐりこんで外界を締め出せれば、この事態を乗り越える方策を思いつくかもしれない。

でも、そうはいかない。たとえ苦悩で胸に穴が開いていても、三つ子には母乳が必要だ。アントニオの一言で私の世界が崩壊しても、人生は続いていく。

〝彼女と不倫をしていたんだ〟

長年、ケイトリンは姉の結婚をうらやみ、アントニオに片思いしていた。長年、そんな自分の嫉妬心と恋心に罪悪感を抱いてきた。

ところが、どちらも嘘の塊だったのだ。美しく堅固な姉の結婚は幻だった。私があこがれた、揺るぎなく誠実な理想の男性アントニオは浮気者だった。罪悪感など抱く必要はなかったのだ。

もっとも、罪悪感があっても彼とベッドをともにしたけれど。それどころか、進んで彼の腕の中へ飛びこみ、結婚の誓いを平然と破るような男性に純潔を捧《ささ》げてしまった。

とはいえ、アントニオの口から出た恐ろしい言葉は理解できないことばかりだった。ヴァネッサを愛していなかったとか、浮気をしたとか、子供が生まれるから離婚しなかったとか。どれも私が恋に落ちた男性らしくない言葉だ。

アントニオと知り合って七年間、私はそれほど人を見る目がなくて、姉をひどい目に遭わせた男性を愛してしまったの？　ケイトリンは泣きたかったが、心が麻痺《まひ》してもう何も感じなかった。

授乳が終わり、彼女は揺り椅子にぐったりともたれた。レオンとアナベル、アントニオ・ジュニアは部屋の中央に敷いた毛布の上にいる。アントニオの爆弾発言を聞かされたのは、ほんの二時間前のことだ。でも、もう一年くらい経った気がする。

「入ってもいいかい？」

ケイトリンはさっとドアのほうを見た。無表情なアントニオがドア口に立っていた。

その姿に一瞬胸がときめいた。どうやら何があっても、この反応は消せないらしい。彼がここへ来たのは、二人の上に垂れこめる暗雲を晴らす解決策を思いついたからではない。そんな策があればうれしいが、彼はただ夕食前に三つ子と遊ぶために来たのだ。この触れ合いタイムは五人とも楽しみにしている習慣で、アントニオは何が起きようと自分の子供たちと過ごす時間を大切にしたいのだろう。

人生は続いていく。私たち二人は三人の子供を共同養育する親なのだ。一生にわたって。

「もちろんよ。あなたの家ですもの」

アントニオが顔をしかめ、ケイトリンは自分の辛辣な返事を謝りかけた。でも謝る気力もないし、申し訳なさもあまり感じない。以前のケイトリンなら謝っただろう。以前の彼女は、いつでも誰にでも優しい言葉をかけた。空に虹がかかりユニコーンが飛びまわるバラ色の世界に住んでいた。

その結果、心を傷つけられ打ちのめされた。誠意や献身では自分の心を守れないと、なぜ誰も忠告してくれなかったのだろう?

アントニオは毛布にひざまずいた。レオンにガラガラを差し出し、這《は》い寄ってくる息子に向かって励ましの言葉をつぶやいている。アナベルは毛布の周囲をぐるぐる這いまわりながら低い声をたてていた。アントニオ・ジュニアは毛布の真ん中に仰向けに寝て、独特の集中力で天井を見つめている。

父親そっくりだわ。アントニオも一点を集中して見つめるのが得意で、そんなふうに見つめられるといつもうっとりさせられた。

悲しみがこみあげ、ケイトリンはそれをのみくだした。アントニオは私が思ったような人じゃないのよ。たぶん最初からそうじゃなかったんだわ。彼を許し、失望を乗り越えて前へ進まなくては。

壁の時計が大きな音をたてて時を刻んでいる。一秒また一秒と針が動き、一分また一分と時間が過ぎて、重く濃い沈黙が延々と続いた。でもこれからはいつもこうなのだ。子供たちと遊び、夕食をとり、そのあとは? 彼と一緒の寝室で寝る支度をして、黙って一つのベッドに並んで横たわる。二人の間には〝不倫〟の二文字が目に見えない壁を作るだろう。

「こんなの、耐えられないわ」ケイトリンは両手を握りしめて揺り椅子から立ちあがった。

アントニオが彼女を見あげた。歯を食いしばっているので端整な顔が台なしだ。私と同じ惨めな気分なのだろう。それに気づき、さらには心配までしている自分が嫌だった。

「耐えられない？　子供たちと遊ぶのが、かい？」

「いいえ、この状況がよ」彼女は大きく腕をまわして部屋全体をさし示した。「こんな状態で二人の関係を続けていくことはできないわ。私はヴァネッサじゃない。次々浮気されるなんて我慢できない」

姉の結婚生活をうらやみ、それを丸ごと手に入れた。今度何かを願うときは、もっと慎重にしなきゃね。ケイトリンはヒステリックな笑い声をあげそうになり、唇を嚙《か》んだ。

「我慢しろなんて頼んでいないよ」アントニオは静かに返した。「僕だって我慢できない。それに相手は一人だけだったし、彼女とはもういっさい関わる気はない」

相手が何人だろうと、それで何か変わると本気で考えているの？「自分の寝室へ戻りたいわ」言ったとたんにその言葉を取り消したくなったが、正気を保つためにはこうするしかない。「もう今までどおりには、あなたといられない」

ほら、言えたわ。残念ながらそういうことよ。この男性を腕に抱き、ベッドをともにし、全身全霊をかけて愛したのに。私のほうから関係を断つ日が来るとは夢にも思わなかった。

アントニオは陰鬱な顔で腕を組んだ。「では、僕たちは今からどんな関係になるんだ？」

「わからないわ。子供たちの両親？　同居人？　とにかく同じ部屋では眠れない。私は――」すすり泣きに邪魔されて、これ以上話せない。ケイトリンはうつむいて両手で顔を覆い、目を閉じた。アントニオが近づいてくる気配がする。でも彼女に触れようとはしなかった。

触れてほしかった。まだそうやって慰めてもらえる関係でいたかった。でも触れられたら、事がますます複雑になるだけだ。

「ケイトリン」

呼ばれて涙で曇る目を上げると、黒い瞳がまっすぐ見つめてきた。瞳の奥に、口には出さない苦悶《くもん》と深い魂の傷が見える。二人の間に修復不可能な亀裂ができた今でさえ、彼の心が読めてしまう。

「僕から親権を取りあげるつもりかい？」

「なんですって？　どうして私がそんなことを？」

「何しろ最低の父親だからね。リングの上で相手を徹底的に痛めつけたいという衝動を抑えられない。しかも記憶喪失を患っている。そのうえ神聖な結婚を浮気で汚した。どんな判事も僕の子供たちの親権を君に与えるだろう。養育費も、いくらでも君の要求どおりの額が認められるはずだ。もし僕が君の立場なら、とっくに子供たちを僕の悪影響から遠ざける措置をとっているよ」

「アントニオ、そのどれも父親失格の理由にはならないわ。子供たちにはあなたが必要よ」

私にもね。

けれど、出かかった一言はのみこんだ。私に必要なのは、私の心の目に映っていたアントニオだ。大勢の中から私を選び、自分は彼にとって特別な存在なのだと思わせてくれた彼。帰国後初めて〈ファルコ〉へ行った日に私の手を取り、味方になってくれると言った彼。自宅で医師の診察を受けたとき、君もいてくれとささやいた彼。独りぼっちでおびえていて、ほかの誰でもない私を求めてくれた彼だ。

その後、アントニオは別人になり、私の信頼を裏切った。私が大切にしている結婚の誓いを破り、自分の妻を愛さなかった。

もしヴァネッサを愛せなかったのなら、私のことも愛せないかもしれない。そして私は夫に愛されない結婚に甘んじるつもりはない。たとえ愛していると言われても、今や彼の言葉が信じられない。

今までずっと、彼が私に愛していると言わないのは、まだヴァネッサを愛しているからだと思っていた。ところが実際は……。

アントニオが三つ子に目をやると、彼の全身から子供たちへの愛があふれ出た。愛することはできるのだ。ただ、私を愛せないだけで。

「子供たちに僕が必要なんじゃない。僕が、子供たちを必要としているんだ。あの子たちを奪わないでくれるなら、ほかのすべては耐えられるよ」

奇妙な立場の逆転だ。アントニオは今、子供たちを奪われまいと必死なのだ。以前、君は自分の人生に戻っていいと言われ、三つ子から引き離される恐怖におののいたのを思い出して、ケイトリンの彼への気持ちは和らいだ。困ったことに和らぎすぎた。

もっと非情で冷酷な人間なら、アントニオの言葉どおり親権も彼の金も奪っただろう。でも私はそんな人間ではない。ケイトリンは触れられるくらい彼に近づいた。男らしい香りにめまいがしそうだ。

まだ彼を愛している。今日聞かされたどの話も、その愛を消し去ることはできなかった。

「あなたの子供たちを奪ったりしないわ。でも、あなたと恋愛関係を続けることはできない。ただ三つ子の両親として一緒に住み続ける。それでいい？」

アントニオは両手を脇につけて後ずさった。端整な顔は無表情だ。「すべて君の決定に従うよ」

淡々とした事務的な口調だった。彼女を取り戻すために闘う気は全然なさそうだ。ケイトリンの心は声をあげて泣いていた。とはいえ、もしも彼が嫌だと、君を愛していると、何がなんでも恋愛関係を続けたいと言ったら、どうしただろう？

それはできないと拒否したはずだ。

こうして、二人は三つ子の両親以外の何者でもなくなった。それが、ケイトリンにとって今日の出来事すべての中で一番つらかった。

12

午前一時、アントニオはケイトリンの寝室の前に立ち、ドアに両手を置いて彼女の息遣いに耳を澄ましていた。くそっ、この家庭内別居は地獄だ。ケイトリンと距離を置いて二日が過ぎ、これ以上は耐えられなかった。彼女も眠ってはいない。絶望してベッドに横たわっているだけだ。アントニオはその絶望の気配を感じていた。

寝室を別にしてから、アントニオの頭痛は悪化した。枕は十回も洗ったのに、まだケイトリンの香りがする。昼も夜も絶えず彼女の顔が心に浮かぶ。すぐ近くにいながら果てしなく遠い。そして体は、もうケイトリンには触れられないという事実にどうしても慣れず、いまだに夜はつい隣に手を伸ばし、深い満足を与えてくれるぬくもりを捜してしまう。

だが、そこには誰もいない。伸ばした手も心もからっぽのままだ。人生で唯一の拠《よ》り所《どころ》を失ってしまった。それが、今まで耐えてきたどんな肉体的痛みよりもつらかった。

こめかみのずきずきする痛みは、〈ファルコ〉のリングで何試合戦っても楽にならなかった。今夜は早めに鎮痛剤をのんだが効果はない。

この頭痛を治せるのはケイトリンだけだ。

ドアを押し開け、彼女の寝室に入った。ケイトリンは動かなかったが、はっと息をのむ音がして、彼女が気づいたとわかった。

「眠れないんだ」アントニオはうつろな声で言った。

懐かしい香りが心を満たし、甘美な記憶がよみがえる。これは自分のベッドに一人でいる以上の拷問だ。彼女が近すぎて、それなのにまだ手が届かなくて、もどかしさで頭がどうにかなりそうだ。

「ごめんなさい。でも夜中にここへ来られては困るわ」優しいささやきに肌をなでられ、産毛が逆立つ。

「ここは僕の家だ。そして、話がある」

「朝まで待てない？」

「待てない。ケイトリン、頼むよ。いったい何を言えば、何をすればいいんだ？　すまなかった。許しがたい罪を犯した自分が情けない。だが、もう過去にこだわるのはやめられないかな？」

「無理よ。私たちは結婚観が違う。私にとって、結婚は永遠に続く誓いなの。あなたも〝君と一生をかけて経験していく〟と言ったけれど、もう信じられない。信頼なしに、どんな関係を築けるというの？　私はヴァネッサとは違うのよ」

ケイトリンにヴァネッサのようになってほしいとは思っていない。なぜそれがわからないんだ？　過去のある時点では、ヴァネッサのような女性が好みだったかもしれない。だが、もう好きになった理由は思い出せないし、今や思い出したくもない。

僕が欲しいのはケイトリンだけだ。

ところが彼女は僕を拒否した。僕が遠い昔に犯した罪のせいで。いったん犯した罪は取り消せない。その記憶に絶えず悩まされ、自分を嫌悪している。できることなら、それで何かが変わるなら、彼女が憎む罪を外科手術で摘出したい。だができない。この戦いだけは、勝つための技を持ち合わせていない。

二人の距離に、それをどうすればいいのかわからない自分に耐えきれなくなって、アントニオは何も言わずに部屋を出た。

どうしてもケイトリンに考え直してもらわなければならない。彼女は僕のすべてだ。彼女なしでは生きられない。ケイトリンを愛している。

アントニオは人生の試合で初めてロープに追いつめられた。相手が大きすぎて打ち勝てそうにない。

だがダウンしてカウントを取られるのはお断りだ。何か劇的な手段で彼女を取り戻さなくては。とはいえ、いったいどんな手段があるだろう?

ちっとも寝つけない長い夜が明けて、ケイトリンは五時に起きあがった。アントニオの帰国前の一年間ここで眠り、その後数日間彼の寝室という名のパラダイスで眠り、また舞い戻ったこのベッドで急に眠れなくなった。マットレスのせいではない。

頭に渦巻く暗い考えと、ゆうべ夜中にアントニオの訴えを退けた胸の痛みのせいだ。

レオンが目を覚ます前にピラティスをしようとサンルームへ行ったが、そこで初めてアントニオにキスされたことしか考えられなかった。あのとき、愛とは何かときかれて答えたあと、〝あなたこそ愛の何を知っているの?〟とき返した。

〝何も知らない〟と彼は答えた。

愚かな私は、彼にはヴァネッサとのすばらしい結婚生活と愛の記憶がなくて、それを思い出すのに手を貸してほしいのだろうと考えた。でも実際は、ヴァネッサを愛したことなどなかったのだ。愛のない結婚に縛られた姉はどれほど惨めだっただろう。子供が生まれるからというだけの理由で離婚しない夫は、さらに浮気までしていたのだ。

姉は毎朝どんな気持ちで目覚めていただろう。報われない愛のつらさは私もよく知っている。姉もこ数日の私のように、泣きながら眠りについたのだろうか。なぜ私に打ち明けてくれなかったの?

ヴァネッサが今ここにいたらよかったのに、とケイトリンは思った。姉の肩に頭をのせて、泣きながら悩みを吐き出したい。でもそれは不可能だ。もし姉が生きていたら、私の今の悩みは存在しないのだから。私は今も、結婚と責任と愛とセックスは大きなリボンで一つに結ばれているという間違った前提を信じていただろう。

レオンが目を覚まし、ケイトリンは授乳しながらヴァネッサのことをぼんやりと考えた。そして不意に、姉の持ち物を屋根裏部屋に片づけたのを思い出した。あそこへ行けば、姉の思い出に囲まれて傷ついた心を癒せるかもしれない。

三つ子をブリジットに預けて、ケイトリンは屋根裏部屋へ上がった。ここへ来るのは一年ぶりだった。飛行機事故のあと、ヴァネッサのものを大量にここへ移してから一度も来ていない。奥の荷物は埃《ほこり》をかぶっていた。入り口付近の箱は最近置かれたのでまだきれいだ。アントニオの帰国後すぐ、家政婦に頼んで主寝室からここへ移してもらった品々だ。

脚を組んで床に座ると、一番手前の段ボール箱を開けた。姉の服だ。シルクのブラウスを手に取り、頬に当ててみた。姉が好きだった濃厚でエキゾティックな香水の香りが立ちのぼり、最後にこの香りをかいだ日のことをたちまち思い出した。ケイトリンは妊娠四カ月で、タイへ旅立つヴァネッサとアントニオに挨拶をしに来たのだ。

涙が頬を伝ったが、それは姉ではなくアントニオが恋しいからだろう。ケイトリンは自分の恥知らずな感情にうんざりした。と同時に、ゆうべの彼の途方に暮れた様子が思い浮かび、私も過去にこだわるのをやめたい、と言ってあげたくなった。ただ、どうすればそれができるのかわからない。

服は心を癒す役に立たなかった。その箱は脇へ押しのけ、次の箱を開く。今度は化粧品や洗面用具だ。ケイトリンは香水の小瓶を二つ取り出した。中身の香水は長持ちしないだろうが、瓶に美しい天然石がちりばめられている。高価な宝石ではないものの、アナベルにとってすてきな思い出の品になるだろう。

そうよ。ヴァネッサと私の子供たちこそ、求めていた答え――アントニオと同じ家に住み続ける原動力だわ。姉も夫に傷つけられながらも子供たちのために結婚を続けたのかしら？　なんといっても、私にとってはレオンとアナベルとアントニオ・ジュニアがここに居続ける理由になる。毎朝目覚めて三つ子の顔を見られない人生なんて想像できない。たとえ三つ子の父親を見るたびに、胸に剣を突き立てられるような痛みを味わったとしても。

たぶんヴァネッサも家庭を壊さずに守ることに価値を見出《みいだ》したのだろう。だから夫の浮気を知っても、離婚を強く求めなかったのかもしれない。

すっかり疲れ果てて、ケイトリンは箱に頭をのせた。その重みで箱がバランスを失って引っくり返り、中身が彼女の膝の上に散らばった。

一番上にのっていたのは革表紙の本だった。古風な日記帳のように見える。興味を引かれてページをめくると、姉の手書き文字が現れた。

〝九月四日。ロナルドは、パラマウント映画は私を『美しいものたち《ブライト・シングズ》』のヒロインに選ばないだろうと言う。私の当たり役ジャネルと正反対の役だからと。彼を首にしなきゃ。この二年間で三人目のエージェントだけどね。どうしてもあの役が欲しい！〟

ヴァネッサが内に秘めた思いを紙に書き残すタイプだったとは意外だ。まさかあの携帯電話依存症の姉が、ブルーのインクで文字を書き綴《つづ》っていたとは。でも有名人はメールをハッキングされたり、クラウドに保存したデータが漏洩したりと、いろいろ悩まされている。姉もプライバシーを守るには紙媒体のほうが安全だと考えたのかもしれない。

のぞき見に良心の呵責《かしやく》を覚えながらも、ケイトリンはさらに読み進めた。姉が主演したテレビドラマ『ビーコン・ストリート』のヒロイン、ジャネルのイメージを脱して前へ進みたいと、これほど必死だったなんて全然知らなかった。キャリア上の悩みを妹に打ち明けてくれなかったとわかって、少し傷ついた。というか、姉は何も話してくれなかったのだ。日記帳は驚きの宝庫だった。飛行機事故以前、姉とはかなり仲のいい姉妹だと思っていたが、ヴァネッサは多くの事柄を妹に秘密にしていた。

アントニオの名前が目に飛びこんできて、ケイトリンはページをめくる手を止めた。

〝アントニオにマークとの仲を打ち明けた。夫は激怒した。予想以上に取り乱した彼に、問題は簡単に解決すると言ってあげた。もう一度リング上での栄光の日々を取り戻したいなんてばかげた考えを改めれば、私もマークに会うのはやめると。どうせマークはベッドではアントニオの足元にも及ばない。愚かな夫の気を引きたくて浮気しただけだもの！〟

ケイトリンの体は凍りつき、それからかっと熱くなった。姉も浮気をしていたの？

ぞっとして胃がよじれた。日記の最初に戻って日づけを確認する。二年以上前、ヴァネッサから代理母を頼まれるずっと前だ。姉の結婚生活はそんなに前から破綻しかけていたの？

ケイトリンは日を追って次々に読んでいった。

〝アントニオはマークのことで相変わらず激怒している。『ビーコン・ストリート』の出演をやめろとまで言いだした。笑い飛ばしてやったわ。妻が浮気相手の男とテレビ画面上で共演するのを、最愛の夫が見ないですむように。たったそれだけのために、私が自分のキャリアを台なしにすると思う？〟

そして何ページか先には……〝アントニオったら最低！　私は絶対に認めないのに、相変わらずリングに戻る話をしている。そのうえ、私への意趣返しに、わざと私そっくりの赤毛の女と浮気をしているのよ。本当に子供っぽいんだから。彼は復讐心《ふくしゅうしん》に燃えるタイプではない。だけど私のせいでそうするしかなかったと、例の横柄な口調で言った〟

アントニオが浮気をしたのはヴァネッサへの仕返

しだったのだ。それでもケイトリンの不倫への見方は変わらなかったが、姉への見方は変わった。それに姉の結婚観が自分と同じではなかったと知った。

一度に情報を入れすぎて脳が消化しきれない。山積みされる新情報に押しつぶされそうだ。飛行機事故以前からアントニオはリングに復帰したがっていたらしい。本人は覚えているのかしら？

喉と目に熱い涙がこみあげたが、ケイトリンは日記を無理やり最後まで読んだ。それから革表紙の告白本を力任せに壁に投げつけた。自分の姉のことを実はほとんど何も知らなかったと裏づける証拠を、もう手に持っていたくなかった。

ここへ来たのは、愛しているけれど信頼できない男性と同居し続けるという厄介な未来を前にして、同じ苦悩を味わった姉を身近に感じ、心を癒したかったからだ。ところがヴァネッサは不実な夫に恋い焦がれる妻ではなく、彼女自身も秘密を抱えていた。

熱い怒りの涙がケイトリンの頬を流れ落ち、胸に悲しみがあふれた。何もかも私が思っていたのと違った。ヴァネッサは夫が愛する仕事をするのを禁じ、共演俳優と浮気をして、アントニオを別の女性の腕の中へ追いやったのだ。だからといって、アントニオの不倫が正当化されるわけではない。それでもなお、彼に同情せずにいられない。

何もかも、もうたくさんだわ。ケイトリンはぐったりくずおれてすすり泣いた。

アントニオが来たことに気づいたときには、もう太い腕に抱かれ、硬い胸板に押しあてられていた。日照りでしおれた花が恵みの雨を浴びたように、ケイトリンは必死で彼にしがみついた。

アントニオは彼女の頭を優しく手で包み、髪に指を差し入れた。力強い指で頭をマッサージされて、少しずつ意識がはっきりしてきたが、ケイトリンは二人が触れ合っていることを無視し続けた。彼が無言なので、なぜかこのままでいいと、言葉はいらないと、彼を突き放さなくていいと感じていた。

　アントニオの高価なシャツをぬらす涙が止まり、ケイトリンは彼の無表情な顔を見あげた。「あなたは出かけていると思っていたわ」

「今帰ってきたところだ。君の……声が聞こえて、じっとしていられなかった。君が自分の面倒は自分で見られるのは知っているが、様子を確かめたかった。泣いている君を放っておくなんてできないよ」

「わかっているわ。来てくれてうれしかった」

「それは信じられないな。涙の原因は僕なのに」アントニオは彼女を抱いていた腕を脇に下ろした。

　毛布に包まれたような安心感が恋しくて、ケイトリンはもう一度抱いてと言いたくなった。けれどこらえた。二人の間には、まだ口にしていない問題がたくさんある。「いいえ、今回はあなたが原因じゃないわ。ヴァネッサが――」またすすり泣きがこみあげ、ケイトリンは大きく息を吸った。「共演俳優と不倫していたのよ。マーク――」

「ヴァン・アルスバーグだ。君が名前を言うのを聞いて、たった今思い出した。あいつが妻に触れたと知ったときには八つ裂きにしてやろうかと思った。どうして彼のことを？」

「姉が日記に書いていたのを読んだの。おかげでとても多くのことを学べたわ」つい辛辣な口調になってしまった。日記帳の中だと、姉はいろいろなことを出し惜しみなくあからさまに語っていたのだ。

　アントニオの苦しそうな様子を見て、ケイトリンは胸が痛んだ。まるで妻の不倫がたった今起きたかのようだ。記憶喪失とはそういうものなのだろう。普通なら時が経《た》ち、とっくに乗り越えたはずの過去の苦悩が、喪失した記憶が戻った瞬間、ありありとよみがえってくるのだ。

　アントニオ自身の不倫も同じだ。過去の自分の浮気を思い出して苦しむ彼を、そこに至った経緯も知らなかった私がさらに激しく非難してしまった。

ケイトリンは屋根裏のむき出しの梁《はり》を見つめて黙っていたが、やがて言った。「姉はあなたが格闘家に戻るのが嫌で、わざと浮気をしたの」

「そ、そんな理由で？」

アントニオの顔が苦悶《くもん》にゆがみ、ケイトリンは思わず彼の手をつかんで強く握った。「あなたは過ちを犯した。でも、そこにはやむを得ない事情があったのね」もちろん神聖な結婚の誓いを破っていい事情などないが、彼の浮気の理由を説明はできる。

「いや、どんな事情があろうと言い訳にはならない。僕は自分を許すことができない」彼は荒々しく吐き捨てた。

アントニオの苦悩は本物だ。ケイトリンは彼の表情や仕草を注意深く眺めて真実を悟った。過去には違う考えを抱いていたかもしれないが、今の彼は浮気をしてもいいとは思っていない。

浮気は何年も前の出来事だ。それにアントニオはヴァネッサと結婚していたときと同じ人物ではないのかもしれない。記憶喪失のために過去の記憶の多くを奪われ、残った記憶によって再形成された彼は別人になったのかもしれない。過去の自分を土の下に埋めたまま墓場から私のもとへ戻ってきたアントニオを、なんとかして信頼できないかしら？

「アントニオ？」彼は顔を上げなかったが、ケイトリンは続けた。「姉の日記によれば、あなたがヴァネッサを説き伏せて、夫婦関係修復のためのタイ旅行に連れ出したそうよ。あなたは、二人だけでもう一度やり直そうとしていたのよ」

「そのことは思い出せないが、それを聞いてうれしいよ。僕は最後に妻と誠実に向き合い、妻は僕のそんな気持ちを知ってから亡くなったのだから」

これこそ、私がかつて知っていたアントニオだわ。

誠実な関わりを大切にする人。結婚が暗礁に乗りあげても、やり直そうとする人。「過去の嫌な出来事を蒸し返してごめんなさい」

アントニオは面白くなさそうに笑った。「謝らなくていい。そもそもヴァネッサのことはあまり覚えていなくて、知っているのは君から聞いた話ばかりだ。そして、以前君が語ったおとぎ話のような結婚は真実ではなかったわけだ。むしろ、それでよかった。逆だったら対処に困る」

「逆って?」

「ヴァネッサが僕の最愛の人だったのに、その愛を覚えていなかった場合さ。だが彼女とは機能不全の結婚生活を送っただけだったとわかった。それなら、そんな過去はあっさり捨てて前へ進める。未来は明るそうだ。僕の人生最高の恋愛はまだこれからやってくるとわかっているんだから」

話すにつれて、アントニオの顔からは苦悩の影が消えていくようだった。そのすがすがしく希望に満ちた表情からケイトリンは目を離せなかった。

彼の屈強さはすばらしい。私まで勇気づけられる。

「その前向きな考え方は好きよ」

アントニオは彼女の顎に手を当てて上向け、親指で頬を軽く愛《いと》おしげになでた。黒い瞳にひたと見つめられるとケイトリンはうっとりして、二人の間にはまだ未解決の問題があるのをつかの間忘れた。でもすぐに失望と苦悩が戻ってきた。二人とも過去の亡霊からは解放された気がするが、未来にはまだ多くの疑問がある。彼は不倫を過去の出来事としてあっさり片づけ、私にも忘れてほしいみたいだが、はたして私にそれができるだろうか?

「ケイトリン」アントニオは小声で呼びかけてから長い間ためらった。次に何を言うべきか迷っているのか彼女の顔を探るように見ていたが、やがてため息をついた。「君がいないと僕は惨めなんだ。眠れないし、食べられない。この地獄が自業自得なのはわかっている。だが君に知ってほしい。僕は、戦わずに二人の関係をあきらめるつもりはないと」

「私も惨めよ」ケイトリンはうつむいた。「ヴァネッサの日記を読んで姉の不倫を知ったからといって、何も変わらないわ。結婚もセックスも神聖なものだと私は考えている。でもあなたも同じ考えだと簡単には信じられない。今後もし私たちが困難な状況に陥ったとき、あなたが別の女性に慰めを見出さないと信じるのは難しいのよ」

〝一度浮気をすれば何度でも〟と古い格言にもあるように、浮気癖は治らない。ただし、その格言が真実かどうか考えてみたことはなかった。人は変われる。立派な動機があればなおさらだ。たとえば母親になる自分を想像したことさえなかった私が、すっかり考え方を変えて今や三つ子の母親だ。

アントニオは顔をしかめてうなずいた。「それは、もっともな意見だ。だから今朝、会社へ行った。そしてトマス・ウォランやほかの役員たちと何時間も徹底的に話し合った。〈ファルコ・ファイトクラブ〉を売却するのに必要な手続きの詳細をね」

「な、なんですって?」

「売ってしまいたいんだ」彼は厳しい表情で手を振って宙を切り裂いた。「総合格闘技《MMA》は残酷で野蛮なスポーツだ。今や僕には子供がいる。あの子たちにはMMAを見せたくないと、心のどこかでいつも思っていた。ただし、売却したい理由は別にある」

「アントニオ! あなたには〈ファルコ〉を売るなんてできないわ」それは私が三つ子の一人を売るのと同じだ。「あの場所はあなたの一部よ。リングで戦う姿を見てわかったの。あなたはリングを愛している。戦うために生まれてきた人よ」

「そのとおりだ。そして〈ファルコ〉がある限り、いつでもリングへ戻れるという保証がある」

「それの何が悪いの？　戻りたいなら止めない。むしろ手を貸すわ。私はヴァネッサとは違うのよ」

私はアントニオの望みを禁じるほど愚かではない。相手の翼を縛り、自分に従わせようとするのは愛ではない。

「ああ、君はヴァネッサとは違う」アントニオは片膝をついてケイトリンの顔を両手で挟み、穏やかにほほ笑みかけた。「だから〈ファルコ〉を売るのさ。君のためなら戦うことをやめられると証明したい。理解できないかい？　僕の魂に深く根差す戦いたいという欲求を取り除けるなら、浮気をしてもかまわないという感覚も取り除けるはずだ」

彼の論理を理解しようと、ケイトリンは目を閉じた。「私のために、なぜそこまでするの？」

「それが僕自身のためでもあるからだよ。君なしで生きるのは本当につらかった。だが不倫のようなおぞましい行為ができる自分とともに生きるのはもっとつらい。僕との復縁を考えてくれと君に頼むには、こうするしかなかった。たとえ口先で二度と浮気はしないと誓っても、信じられないだろう？　君を愛していると具体的に証明したかったんだ」

ケイトリンは心打たれて彼を見つめた。涙があふれて頬をぬらした。私のために、私への愛を証明するために、アントニオはここまでしてくれた。彼は本当に変わったと、私が信じられるように。

そう、アントニオは変わったのだ。彼は別人に、よりよい、より強い人に、私よりずっと深く愛の意味を知る人になっていた。記憶喪失という悪魔と戦い、家族を捜し出し、人生を取り戻した。

再会した最初の日から、アントニオは私に嘘《うそ》をつかなかった。浮気の件も、思い出してすぐ正直に打ち明けてくれた。二度と浮気はしないという誓いも本心だし、私はそれを信じられるはずだ。今こそ、私自身の心の問題に目を向けるべきだ。

私は長年不安を抱えていた。自分はアントニオのような強くて繊細で複雑な男性にはふさわしくないと思っていた。自分はヴァネッサではないし、姉のようにはなれないからと。

でも逆に、私が姉と違うからアントニオと私の関係は彼の最初の結婚と同じ道をたどる心配がないのだ。私のために〈ファルコ〉を売るくらい、アントニオは私を愛している。ヴァネッサのためには決してしなかった行為だ。

ええ、私はヴァネッサではない。姉は、アントニオのような人をどう愛せばいいか全然わかっていなかった。私はわかっている。

アントニオは戦う人だ。私も愛のために戦おう。

「いいえ、あなたが会社を売るのを黙って見ているなんてできない」ケイトリンはきっぱりと言った。

「それじゃあ、僕はいったいどうすればいいんだ？」アントニオは苛立《いらだ》たしげに彼女の顔から手を放したが、ケイトリンはその手を取って自分の体に巻きつけ、自分も腕を彼の体にまわした。

「ただ愛してくれればいいの」とたんに強く抱き寄せられ、彼女はためらいを捨てて抱擁に身を任せた。

「永遠にね。それが私の望みよ」

アントニオを愛している。許すことも愛の一部だ。もう一瞬もためらうつもりはない。

アントニオはケイトリンの名をつぶやきながら髪にキスをして膝に抱きあげた。「とっくに愛しているよ。君が望むなら空の月だって取ってこよう」

「あなただけで十分よ。いつだってあなたしか欲しくなかったわ」

アントニオは彼女を抱いて立ちあがり、屋根裏部屋から下りる細い階段へと導いた。

ケイトリンは心の中で姉に別れを告げ、過去は屋根裏部屋に残して未来へと踏み出した。ついに手に入れた家族と夢を二度と失うつもりはなかった。

エピローグ

アナウンサーがマイクを取る。「全員一致でアントニオ・カヴァラーリの勝利が決定しました！」

自分の名前が耳にこだまするのを聞きながら、アントニオは痛む両手を上げ、どよめく観客に向かって勝利のポーズを決めた。だが彼の目は、ただ一人の顔――ケイトリンの顔を捜していた。アリーナのまぶしい照明と眉から滴る血のせいでろくに見えないが、かまわず目を凝らし、リングサイドの定位置に彼女の姿を見つけた。

新婚半年の妻は、頬を染める代わりに、いつものセクシーで物憂げな笑みを浮かべた。もう以前の乙女らしい赤面を懐かしく思うことはまれだ。何しろこの笑みは寝室での秘密の楽しみを約束してくれるのだから。アントニオは笑みを返した。あとで二人きりになる時間が待ちきれない。だが、それはまだお預けだ。多くの記者が新ウェルター級チャンピオンの話を聞きたがっている。

一時間のインタビューで総合格闘技《MMA》の選手として復活できた秘訣《ひけつ》を繰り返し尋ねられ、その後シャワーを浴び、熱狂した群衆の間をぬって進み、ようやくケイトリンを背中から抱きしめることができた。

ここが、僕の居場所だ。

ケイトリンが背を反らして彼にもたれ、アントニオはその体に両腕をまわした。なめらかなブルーのシルクのドレスが傷だらけの手に心地いい。けれど彼女の素肌の手触りはもっとすばらしい。想像すると欲望が全身の血管を駆けめぐった。のちほど彼女は僕の愛をせがみ、僕のすべてを受け入れてくれる。ケイトリンは僕の中の欠けている部分なのだ。彼女がいなかったら、僕はまだ自分の居場所を求め、失った記憶の中をさまよっていただろう。

「チャンピオン復帰おめでとう」ケイトリンはそうつぶやいて振り向き、彼の首筋にキスをした。「久しぶりに王座に返り咲いて、どんな気分？」

「久しぶりに服を脱いだ君が見たい気分だよ。前回見てから時間が経《た》ちすぎた」アントニオは彼女の耳元でささやいた。ブリジットがすぐそばにいるので、声が大きくならないよう注意した。オペアは三つ子用のベビーカーを片手で器用に操作していた。

子供たちに父親の世界を体感させるべきだ、とケイトリンはいつも言っている。そうすれば、アントニオが情熱を傾けるＭＭＡの芸術性と規律を子供たちも身をもって学べるからと。ＭＭＡが彼の生きがいだと心底理解してくれていることも、アントニオが妻を愛する理由の一つだ。

彼は年明けにＣＴ検査を受けた。さらに多くの検査を経て、ついに頭痛の原因が判明し、治療法も見つかった。最近はほとんど頭痛に悩まされなくなり、それがチャンピオンをめざす格闘家にとっては天の恵みとなった。

アントニオの腕の中で、ケイトリンが銀のチェーンネックレスから彼の結婚指輪を外した。試合中はいつも預かって首にかけているのだ。指輪をアントニオの指に戻して、彼女は言った。「死が二人を分かつまで」結婚式の誓いを思い出して夫婦の愛を忘れないように、二人がよく行う儀式だ。

もっとも、ケイトリンへの愛を忘れることなどありえないが。まだすべての記憶を取り戻してはいないし、たぶん一生戻らない記憶もあるだろう。だが、それは問題ではない。

アントニオにとっては、ケイトリンこそが決して忘れられない唯一の女性だ。それで十分だった。

ハーレクイン®

富豪と無垢と三つの宝物

2024年11月20日発行

著　者	キャット・キャントレル
訳　者	堺谷ますみ（さかいや　ますみ）
発行人	鈴木幸辰
発行所	株式会社ハーパーコリンズ・ジャパン 東京都千代田区大手町 1-5-1 電話 04-2951-2000（注文） 0570-008091（読者ｻｰﾋﾞｽ係）
印刷・製本	大日本印刷株式会社 東京都新宿区市谷加賀町 1-1-1
表紙写真	© Alina Kazlikina ｜ Dreamstime.com

造本には十分注意しておりますが、乱丁（ページ順序の間違い）・落丁（本文の一部抜け落ち）がありました場合は、お取り替えいたします。ご面倒ですが、購入された書店名を明記の上、小社読者サービス係宛ご送付ください。送料小社負担にてお取り替えいたします。ただし、古書店で購入されたものについてはお取り替えできません。®とTMがついているものはHarlequin Enterprises ULCの登録商標です。

この書籍の本文は環境対応型の植物油インクを使用して印刷しています。

ISBN978-4-596-71605-7 C0297

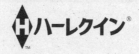

11月27日発売 ハーレクイン・シリーズ 12月5日刊

ハーレクイン・ロマンス

愛の激しさを知る

祭壇に捨てられた花嫁	アビー・グリーン／柚野木　菫 訳	R-3925
子を抱く灰かぶりは日陰の妻 《純潔のシンデレラ》	ケイトリン・クルーズ／児玉みずうみ 訳	R-3926
ギリシアの聖夜 《伝説の名作選》	ルーシー・モンロー／仙波有理 訳	R-3927
ドクターとわたし 《伝説の名作選》	ベティ・ニールズ／原　淳子 訳	R-3928

ハーレクイン・イマージュ

ピュアな思いに満たされる

秘められた小さな命	サラ・オーウィグ／西江璃子 訳	I-2829
罪な再会 《至福の名作選》	マーガレット・ウェイ／澁沢亜裕美 訳	I-2830

ハーレクイン・マスターピース

世界に愛された作家たち
〜永久不滅の銘作コレクション〜

刻まれた記憶 《特選ペニー・ジョーダン》	ペニー・ジョーダン／古澤　紅 訳	MP-107

ハーレクイン・ヒストリカル・スペシャル

華やかなりし時代へ誘う

侯爵家の家庭教師は秘密の母	ジャニス・プレストン／高山　恵 訳	PHS-340
さらわれた手違いの花嫁	ヘレン・ディクソン／名高くらら 訳	PHS-341

ハーレクイン・プレゼンツ作家シリーズ別冊

魅惑のテーマが光る
極上セレクション

残された日々	アン・ハンプソン／田村たつ子 訳	PB-398

※予告なく発売日・刊行タイトルが変更になる場合がございます。ご了承ください。